포켓 스마트 북(4)

단풍 울타리

울타리글벗문학마을 편

도서출판 한글

출판문화수호 스마트 북 (4)

2022년 10월 05일 1판 1쇄 인쇄
2022년 10월 10일 1판 1쇄 발행

단풍 울타리

편   자 울타리글벗문학마을
기   획 이상열
편집고문 김소엽 엄기원
편집위원 김홍성 이병희 최용학 방효필 김경수
발 행 인 심혁창
주   간 현의섭
사업본부장 백근기
교   열 송재덕
디 자 인 박성덕
인   쇄 김영배
관   리 정연웅
마 케 팅 정기영
펴 낸 곳 도서출판 한글
우편 04116
서울특별시 마포구 신촌로 270(아현동) 수창빌딩 903호
☎ 02-363-0301/ 010-6788-1382/ FAX 362-8635
E-mail : simsazang@daum.net
창   업 1980. 2. 20.
이전신고 제2018-000182
* 파본은 교환해 드립니다.
* 정가 6,500원
* 국민은행(019-25-0007-151 도서출판한글 심혁창)
ISBN 97889-7073-617-4-12810

_____ 년   월   일

_____ 님께

_____ 드림

책을 많이 읽은 사람은 용모가 다르다

조선후기 실학자 이덕무의 독서팔경.

① 집을 떠나 여행에서 하는 독서
② 술 마시고 약간 취기가 있을 때 하는 독서
③ 상을 당한 후 슬픔에 잠겼을 때 하는 독서
④ 옥에 갇히거나 귀양 가 있을 때 하는 독서
⑤ 앓아누워 있을 때 하는 독서
⑥ 귀뚜라미 소리 깊은 가을밤에 하는 독서
⑦ 고요한 산사에서 하는 독서
⑧ 마을을 떠나 자연 속에서 하는 독서

고문진보에는 이렇게 씌어 있습니다.

" 부자가 되려고 논밭을 사지 마라. 책속에 곡식 천만 석이 들어 있다.
* 고대광실 짓지 마라. 책속에 황금으로 지은 집이 있다.
* 예쁜 아내를 구하려 애쓰지 마라. 책속에 주옥같은 미녀가 있다."
* 소동파는 보배·미녀·부귀·영달 중 제일 귀한 것이 독서라고 하였으며 황산곡은 사대부가 가을에 사흘만 책을 읽지 않으면 거울에 비친 얼굴이 미워진다고 하였습니다.
* 책을 읽는 사람과 읽지 않는 사람은 용모가 다르다고 합니다.
* 영국의 채스더톤은 얼굴만 보아도 평소에 책을 읽는 사람인지 아닌지를 식별할 수 있다고 했습니다.

한국출판문화수호캠페인 후원멤버 모심

한국출판문화수호 캠페인에 동의하시는 분은 누구나 후원 멤버가 되실 수 있습니다.

입회신청은 이메일이나 전화로 주소와 전화번호를
알려주시고 스마트북 울타리 신청만 하시면 됩니다.

멤 버 십

일반멤버 : 1부 신　　청,　　6,500원　　　입금자
기초멤버 : 10부 보급신청,　30,000원　　　입금자
후원멤버 : 50부 보급신청,　150,000원　　　입금자
운영멤버 : 100부 보급신청, 300,000원　　　입금자

입금 계좌

(국민은행 019-25-0007-151 도서출판 한글 심혁창)

04116
서울특별시 마포구 신촌로 270
수창빌딩 903호
* 전화 02-363-0301
　팩스 02-362-8635
메일 :simsazang@daum.net
　　　simsazang2@naver.com
* 카페:울타리글벗문학마을
* 문의: 010-6788-1382
　　　　02-363-0301

한국출판문화수호캠페인중앙회

목 차

한 위대한 한국인

대한민국의 육·해·공군 본부가 위치한 작은 도시 계룡시(市) 중앙도로에는 국방 도시답게 6.25한국전쟁 참가 16개국 국기가 일 년 내내 게양되어 있다.

그러나 사실은 틀렸다. 1개국이 애써 외면되어 빠진 것이다. 전쟁 기간 중 중요했던 국면마다 이 국가는 꼭 끼어 참가하고 있었다. 200여 척으로 구성된 맥아더 장군의 인천 상륙작전의 대선단의 50여 척의 상륙선(LST) 중 38척, 그리고 원산상륙작전(행정상륙)시 소해작전에 참가한 모든 JMS(Japan Mine Sweeper) 소해정, 어디 이뿐이랴, 역사 이래 최대 흥남철수작전에서 전투병력 10만여 명, 인도주의적 피란민 약 10여만 명 더해서 전투 장비를 포함하면 덩케르크 34만여 명 철수작전보다도 훨씬 규모가 컸던 흥남철수작전의 MSTS 상선단의 대부분의 승조원이 패전국(敗戰國) 일본 해군과 선발된 일본국 선원들에 의해 참전 운영되었다.

우리가 진정한 선진국의 높은 국민 의식을 가지려면 이

러한 감정의 품위부터 갖추어야 한다.

도움을 받은 일본에 대해 지나치게 비신사적인 행태는 오늘에 와서 정부당국에 의해 더욱 악용되어지고 있는 실정이다.

오늘날에도 일본 전역 8개 도시에는 한반도 유사시 사용되어질 미국 및 연합군(UN軍) 군수 물자가 일본 사람들에 의해 보관, 관리되고 있다. 6.25한국전쟁에서 국난 극복으로 기억해야 할 인물이 있다면 '맥아더 장군, 트루만 대통령, 덜레스 장관' 그리고 이승만 대통령이다.

한국전쟁 당시 이승만은 75세, 맥아더는 70세였다. 조선왕조 500년의 임금들 평균 수명이 47세였던 점을 감안한다면 이들의 인간 평균수명은 이미 한참 지났다.

이승만과 맥아더의 인간적 인연은 한참 거슬러 올라간다. 맥아더가 1915년 경 갓 소령으로 진급했을 무렵 조선 독립을 외치고 주장하고 다니던 꼬레아 청년을 돕기 위해 미국의 유명 인사 몇 분이 도움을 주었다.

후일 미국 대통령이 된 '우드로 윌슨' 프린스턴 대학총장(이승만의 은사)을 비롯 맥아더 소령의 장인도 그중의 한 사람이었다. 장인의 소개로 이승만과 맥아더는 우연한 면식을 갖게 되었다.

그 후 맥아더는 승승장구하여 1932년 육군대장으로 승

진, 참모총장을 5년간 수행했다. 인연은 이것으로 끝이
아니었다.

이승만이란 독립투사가 미국에서 독립운동을 하던 중
1923년 상해임시정부로부터 제네바 특사 요청을 받았다.
우드로 윌슨 미국 대통령의 주창으로 설립된 세계평화를
위한 '국제 연맹' 회의가 제네바에서 열렸다. 이때 이승만
은 회의에 참석하여 한반도에 대한 일본제국의 식민지배
가 부당함을 주장하려 하였으나 일본의 방해로 뜻을 이루
지 못하고 미국 대통령에게 이를 전 세계에 알려 달라고
요청했다.

당시 미국 대통령인 우드로 윌슨은 이승만의 프린스턴
대학 재학 시절 은사였으며 총장 재직 시 공관에 자주 초
대되어 나라를 잃어버린 이승만의 처지를 위로하고 각별
히 격려해주었다.

이들 사이가 얼마나 돈독했는지는 윌슨 대통령의 영애
가 결혼할 당시 동양인으로는 유일하게 초청장을 받았으
며 더구나 하와이에서 초청장을 받은 유일한 인사로서 하
와이 교민들 사이에서 크게 회자되기도 했다.

또한 프린스턴 졸업논문은 매우 유명한 논문으로 윌슨
대통령이 미국 의회 기조연설에 활용하였고 오늘날 모교
인 프린스턴 대학에 영구 보존되어 있다.

대한민국 백성은 정말로 훌륭한 지도자를 얻은 행운을 누린 셈이다. 제네바 국제연맹 회의장에는 일본 제국의 반대로 직접 참석은 못했으나 당시 유명한 유럽의 언론 신문사들을 모아 언론 인터뷰를 실시해 회의장에 직접 착석한 것보다 더 큰 반응을 일으켰고 일본 제국은 마침내 국제 연맹에서 탈퇴하게 되었다.

이승만의 체포 현상금은 천정부지였다. 이후 이승만의 한반도 접근은 더욱 불가능하게 되고 말았다. 그러나 국제 연맹회의 참석차 제네바를 방문한 덕분에 평생의 반려 파란 눈의 오스트리아 처녀 프란체스카를 만나는 행운을 갖게 되었다.

이승만은 1930년대 후반부터 중국의 상해 임시정부를 망명정부로 인정받기 위하여 미국 국무부를 출입하기 시작했다. 당시에 동양인으로서 워싱톤대학 학사, 하바드대학 석사, 그리고 프린스턴대학 박사 학위를 취득한 엘리트는 이승만이 유일했다.

오늘날도 그렇지만 장점도 많지만 미국처럼 인종차별, 학벌차별, 빈부차별이 보이지 않게 크게 작용하는 역설적인 나라도 없을 것이다.

하이쏘사이어티 속에서는 결혼조차도 아는 가문끼리 서로 가려서 하고 있다. 이승만의 고급스럽고 품위 있는 영어 실력(한성감옥에서 사형 무기수로 5년 간 복역할 때 그의 미국인 배재학당 은사들 그리고 의사, 간호사들이 차입해준 미국 감리교단의 유명 책자와 국제 정치 관련 논문 문집을 아예 통째로 외웠던 덕분)은 당대의 최고 수준이었다.

6.25전쟁 당시에도 맥아더 장군을 비롯해 모든 참전 고위 장성들도 이승만 대통령이 구사했던 영어 실력에는 주눅이 들었다고 한다. 놀라운 것은 우리나라 최초의 영한사전을 이승만이 한성감옥 투옥 시절에 집필했다는 사실이다.

이 기간 동안에 유명한 '독립정신'이라는 책도 집필하여 오늘날에도 읽혀지고 놀라워하고 있다. 세종대왕의 장형인 양녕대군의 26대 손(孫)이요, 출중한 어학실력 등 민영환 대신의 천거로 1904년 말에 사면되어 미국 '데오도어 루즈벨트' 대통령(26대) 밀사로 미국에 들어와 밀사 협상은 실패하였으나 새로운 세계정세에 대한 목마름은 이승만을 동부지역의 명문중에 명문 '아이비 리그' 3개 대학을 아주 짧은 기간 내에 두루 섭렵하게 하였다.

한성감옥 투옥기간 중에 세계적인 석학과 시대적 국제정세 현황을 게재한 기사 내용을 통째로 암기했던 실력이 크게 효력을 주었다고 전한다. 이승만의 생애를 보면 하나에서 열까지 하늘의 섭리가 아니고는 도저히 당시의 상황으로는 이루어낼 수 없는 것들이었다.

배재학당 창립자의 도움과 YMCA 그리고 미국의 감리교 재단에서는 아예 조선의 파송목회자로 점찍어 두어 명문 대학에 진학하는 데에 많은 도움을 주었다. 이미 이때부터 이승만의 마음속에는 대한민국을 기독교를 토대로 자유민주주의와 시장주의로 세계에 문호가 개방된 기독교 국가로 건설하고 싶은 간절한 소망을 갖게 되었는지도 모른다.

열린 마음으로 그는 파란 눈의 프란체스카라는 오스트리아 규수를 아내로 맞아 평생을 해후하기도 하였다.

잠시 미국 내에서 독립운동을 하던 1930년대 후반으로 돌아가 보면, 당시 미국의 국무성에는 대통령 '프랭클린 루즈벨트'(32대)의 법률자문 역, 하바드의 법률 천재로 불리는 '히스'(후일 오늘날의 U.N기구를 입안 창설하는데 주역 업무를 담당하게 된다.)라는 사나이가 극동 아시아 담당으로 근무하고 있었다.

이승만은 내심 기뻐했다. 아이비 리그 하버드와 프린스턴대학의 동문 후배라는 학벌 이력을 내세워 조선 독립의 실마리를 풀어 보려고 시도했다. 그러나 '히스'의 반응은 냉담했다. 나중에 밝혀진 바에 의하면 1950년대 매카시

선풍(반 공산주의 운동)시에 캘리포니아 하원의원 '리차드 닉슨'의(후일 대통령이 됨) 고발에 의해 소련 '스탈린'의 일급 첩자로 밝혀진 사람이다. 히스는 실력이 워낙 출중하여 얄타회담을 비롯한 각종 주요 연합군 수뇌 비밀회담 시마다 소아마비 후유증으로 업무를 제대로 처리할 수 없었던 루즈벨트 대통령을 대신해 상당히 세밀한 잔무까지 처리했던 것으로 알려져 있다.

일본 제국의 식민지였던 대한민국의 앞날의 운명이 '스탈린'의 일급 첩자였던 '히스'는 스스로 사회주의에 심취된 사람에 의해 처리되었다는 것은 실로 놀라운 아이러니가 아닐 수 없다.

히스는 이승만이 어떤 인물인 것을 이미 파악하고 있었던 것이다. 이승만은 한반도 조선독립에 공산주의 소련의 스탈린이 개입할 것을 염려해 당시 미국 내 유력 인사들에게 일본제국의 군국주의 못지않게 공산주의의 위험성을 계속 경고하며 활동하고 있었다.

참고로 후일 1941년 6월에 이승만은 일본제국주의를 경고하는 '일본 내막기'라는 책을 저술하여 출간하였다.

1941년 12월 8일 일본의 진주만 기습으로 태평양 전쟁이 발발하자 이승만의 예언이 적중했던 것이다. '일본 내막기' 출간 후 꼭 6개월 후의 일이었다. 유명한 책 한 권으로 하룻밤 사이에 세계적인 유명인사가 된 셈이었다.

「대지」라는 소설로 노벨 문학상을 수상한 펄벅 여사도 극찬을 했을 뿐 아니라, 당시 항일전을 펼치고 있었던 중국의 국부군을 이끌고 있었던 장개석 장군도 크게 감탄하였다고 한다. 이런 연고로 1945년 8월 15일 일본식민지로부터 해방된 대한민국의 이승만을 더욱 신뢰하였고 6.25전쟁 후에는 대만총통으로서 진해에 있는 이승만 대통령의 별장도 방문하였고 회담도 하였다.(당시 해군사관 생도들과 함께 찍은 사진이 오늘날에도 게시 보존되어 있다.)

또 다른 이승만과 장개석 총통 사이에 신뢰와 믿음에 관한 매우 중요한 사건은 다음과 같다.

1920년 당시 중국 상해에서 비밀리에 조선독립 추진을 위한 임시정부수립이 있었다. 임시정부수반으로서는 하와이에서 망명, 독립운동을 펼치고 있는 이승만을 필두로 소련파 공산주의자인 이동휘 그리고 오늘의 국회의장 격에 손정도 목사, 해군을 창설한 초대 참모총장 손원일 제독의 선친 그리고 도산 안창호 선생을 비롯한 국내외 독립운동가 다수가 참여하였다. 이때 김구 선생은 이승만과 조직을 보호하는 오늘날의 경호실장에 가름하는 직책을 맡게 되었다.

그러나 임시정부 조직은 태생적으로 분란이 일어날 수밖에 없었다. 조직 내의 80% 이상이 소련, 중국 등 공산주의 추종자들이 대부분이었기 때문이다. 아마도 김구 선생이 공산주의에 비교적 유화적인 태도를 취했던 것도 이때와 무관하지 않다.

공산주의자들을 극도로 혐오했던 이승만은 크게 실망하였다. 결국 상해에 정착하지 못하고 하와이로 돌아온 이승만은 이들로부터 탄핵을 받게 된다. 이때 와해된 임시정부를 1945년 막판까지 열심히 주도해 온 김구 선생의 공로가 매우 컸다.

아니 상해 임시정부의 수명을 연장시키고 돌보아준 중국 국부군의 총수 장개석 총통의 도움이 컸다고 봐야 할 것이다. 장개석은 우리가 작은 나라지만 안중근과 윤봉길, 이봉창 같은 독립투사를 가진 조선을 매우 부러워했으며 중국도 이를 본받아야 한다고 누차 말하여 왔다.

그로부터 장개석은 독립군 조직을 항일투쟁 세력으로 생각하고 김구가 1945년 8.15 이후 귀국할 때까지 돌보아 주었다.

상해로부터 충칭까지 일본군에 의해 쫓겨 도망칠 때마다 모든 뒤를 돌보아준 사람이 바로 장개석 총통이라는 것은 주지의 사실이다.

의식주는 물론 은신처와 김구의 가사 돌보미까지 그리고 숫자가 많지는 않았지만 조선 독립군의 봉급까지도 지급해 주었다. 당시에 도움을 받았던 회계 장부가 지금도 보관되어 있다. 그야말로 대한민국의 은인이었던 것이다.

오늘날 우리가 장개석의 대만을 쉽게 버리고 공산사회주의 모택동을 실리를 위해 명분상 선택했다는 비정한 국제 냉엄주의를 느낄 뿐이다. 이와 같이 장개석과 깊은 내연을 갖고 있는 터라 1945년 8월 15일부터 1948년 8월 15일 대한민국이 건국될 때까지인 '해방정국' 시기에 한반도는 이념적 사상 대립은 물론 미소간의 냉전 체제의 태동으로 국내 정치가 매우 혼란하였고 남한 내에서는 김구를 비롯 김규식 등 '민족'이라는 기치 아래 남한만이라도 우선 건국하려 했던 이승만과 크게 대립하고 있었다.

보다 못한 장개석은 김구에게 밀사(유어만)를 보내 이승만과 뜻을 같이하도록 권고하였으나 김구는 끝내 거절하였다. 결국 각자 운명의 길을 택하게 되었다. 김구가 좀 더 국제 정세를 알았더라면 하는 아쉬움이 있다.

못내 섭섭했을 장개석의 밀서는 영어로 작성되었으며 이승만 대통령의 유품으로 지금 이화장에 보관되어 있다.

대서양 헌장에 이어서 카이로 선언에서 중국대표 장개석과 영부인 송미령 여사(남편의 통역담당)는 대한민국을 반드시 독립시켜야 한다고 특별히 강조했으며 미국의 명문대를 유학한 송미령 여사에 의해 통역되어지고 강조되었다. 이때 상대 수뇌들은 루즈벨트, 윈스턴 처칠 그리고 철혈의 사나이 스탈린이었다.

후에 대한민국은 장개석과 송미령의 이런 은혜에 보답보다는 중공과 수교하면서 외교 단절이라는 배신을 안겨주었다. 앞에서 언급된 '히스'는 루즈벨트 대통령의 특별법률자문역으로 한반도 통일과 일본의 북방 영토 문제에 매우 심대한 영향을 끼치게 된다.

우리가 보편적으로 알고 있는 한반도 분단과 오늘날 러일 북방 영토분쟁 문제는 카이로선언 및 얄타회담 이전에 이미 소련 외상 몰로토프와 루즈벨트의 보좌관 히스와의 내통으로 운명적 갈림길에 들어섰던 것이다. 일본 제국과의 태평양 전쟁과 유럽의 독일 히틀러와 치르고 있는 두 곳의 전쟁은 미국으로서는 매우 힘든 전쟁이었다.

더구나 사무라이 정신으로 무장된 일본군의 잔혹성은 서양인으로서는 도저히 이해할 수 없었다. 어떻게 해서라도 태평양전쟁은 조기에 마무리하고 싶었다. 일본의 군사력을 만주로 유인 소련의 참전을 독려하기 위해 막대한 군사자금과 군수물자 지원 협상 그리고 필요하다면 부동항(不凍港) 확보를 위한 한반도 전체를 장악하는 문제 그리고 소련의 자존심이 걸린 일러전쟁 패배로 빼앗긴 북방 도서의 탈환 등, 미국으로는 별것이 아니었지만 일본과 한국에는 매우 중요한 운명적 열쇠를 얄타회담 이전에 '몰로토프-히스'라인을 통해 접수되고 말았다.

스탈린은 그야말로 꽃놀이 패를 잡았던 것이다. 이러한 사실들은 1990년 소련이 붕괴 해체된 후 비밀문서가 공개됨으로써 만천하에 밝혀졌다. 미국 최대의 간첩 '히스'는 나이가 아흔이 넘은 고령으로 다음 해에 숨을 거두었다.

지금까지 연구해온 필자의 확신으로는 얄타회담 전후에 '히스'와 '몰로토프 문서'가 스탈린에게 한반도 분단, 6.25한국전쟁 그리고 일본 북방 도서 처리에 나름의 가이드라인을 주었을 것으로 믿어 의심치 않는다.

1945년 8월 15일 일본의 무조건 항복으로 이승만은 서둘러 귀국을 준비하였다. 그러나 비자가 발급되지 않았다. 요로를 통해 알고 보니 국무부 극동 담당 '히스'가 길을 막은 것이다. 이승만은 1941년 6월에 유명한 태평양전쟁 예언서 「Japan Inside」(일본 내막기)를 진주만 기습 6개월 전에 발간하여 미국은 물론 유럽 영국 국방성에서도 이 책자를 구하려는 소동이 일어났었다. 이승만은 하루아침에 유명인사가 되었다.

철저한 반공주의자였던 이승만은 '히스'의 요주의 감시 인물로 표적되었고 8.15 광복 후 조국으로의 귀향은 철저하게 차단되었다. 타고 갈 비행기 삯도 없었다. 이때는 이미 아내 프란체스카 여사도 곁에 있었다. 맥아더에게 정중하게 도움을 요청하였다.

맥아더는 연합군 총사령관이자 일본 전역을 관할하는 군정장관으로 국무부에 즉각 해제를 풀고 비자 발급은 물론 그가 즐겨 애용하는 군용 수송기 바탄(Battan) 호를 내어 주었다.

여기에 더해 앞으로 한반도의 운명을 조정하게 될 이승만의 인물됨을 보아 1945년 9월부터 남한 지역 군정장관 임무를 수행 중인 하지 장군을 도쿄까지 불러내 맥아더와 함께 하네다 공항에서 영접하는 등 최고의 예우를 갖추어 주었다.

한 위대한 한국인 추모

지금부터 약 57여 년 전인 1965년 7월 19일 오전 0시 35분 하와이의 한 노인 요양원에서 나이 아흔의 한국인 환자가 유명을 달리하였다.

서거하기 한 달 전부터 피를 토했다. 그가 숨을 거두기 하루 전인 7월 18일엔 너무 많은 피를 토했다. 그의 생애 마지막 임종을 지켜보는 이는 평생 동안 곁에서 돕고 수발

하던 부인과 대(代)라도 잇겠다며 들인 양자와 교민 한 사람밖에 없었다.

마지막 호흡을 크게 한 번 들이쉬더니 이내 영면의 눈을 감았다. 파란만장한 길을 함께 걸어오며 어떤 어려움에도 우는 법이 없던 아내가 오열했다.

작가 이동욱 씨는 국부 리승만의 영결식의 한 장면을 이렇게 기록했다. 한 미국인 친구가 울부짖었다.

"내가 너를 알아!
내가 너를 알아!
네가 얼마나 조국을
사랑하였는지!
그것 때문에 네가
얼마나 수많은 고통을 겪어 왔는지!
바로 잃어버린 조국,
빼앗긴 국토를 되찾으려는
그 애국심 때문에,

네가 그토록 온갖 조소와 비난받으며
고난의 가시밭길을 걸어온 것을
내가 알아."

그 미국인은 장의사였다. 그는 1920년에 미국에서 일하다 죽은 중국인 노동자들의 유해를 중국으로 보내주고 있었다. 그런데 이승만이라는 중년의 조선인이 찾아와 중국인 유해를 안치할 그 관(棺)에 숨어 상하이로 가겠다고 했다. 한국 독립운동을 하는데 일본이 자신을 현상수배 중이라고 했다. 그가 바로 조선인 이승만이다.

그 이승만이 실제 관에 들어가 상하이 입국 밀항에 성공하였다. 너의 그 애국심 때문에 네가 얼마나 파란만장한 삶을 살았고, 또 그때로부터 지금까지 얼마나 많은 비난을 받아 왔는지 나는 안다는 피를 토하듯 한 절규다.

이 절규는 그냥 넋두리 푸념이 아니라 가슴 깊은 곳에서 나온 통한의 절규였다. 나는 2019년 7월 15일 아침 서울 국립 현충원 이승만 초대 대통령 묘소를 찾았다. 나흘 뒤면 그의 50주기다. 필자 역시 이 대통령에 대해 부정적 얘기만 듣고 자랐다. 그의 생애 전체를 보고 머리를 숙이게 된 것은 쉰이 넘어서였다. 이 날 아침 이 위대한 대통령 묘 앞에서 나는

'만약 우리 건국 대통령이 미국과 국제정치의 변동을 미리 내다보는 혜안이 없었다면 지금의 대한민국 자체가 존재할 수 있었을까'라는 생각을 했다. 그였기에 그만이 할 수 있는 건국이었기에 이 역사의 물음 앞에 나는 머리

를 가로 저으며 흐느끼고 말았다. 그 없이 대한민국을 건국하고, 그 없이 우리가 자유 민주 진영에 서고, 그 없이 전쟁에서 나라를 지키고, 그 없이 한·미동맹의 대전략이 가능했겠느냐는 질문에 누가 '그렇다'고 답할 수 있을까?

추모비에 적힌 지주(地主) 철폐, 교육 진흥 제도 신설 등 지금 우리가 디디고 서 있는 바탕이 그의 혜안에서 나왔다. 원자력발전조차 그에 의해 첫발을 내디뎠다.

그는 무지몽매한 나라에 태어났으나 그렇게 살기를 거부했다. 열아홉에 배재학당에 들어가 외국인들의 눈을 통해 나라 밖 신세계를 처음으로 접했다.

썩은 조정을 언론으로 개혁해 보려다 사형선고까지 받았다. 그러한 상황의 감옥에서 낮에는 심문을 당하고 밤에는 영어사전을 만들었다. 이 대통령은 독립하는 길은 미국을 통하는 길밖에 없다고 믿었기에 1905년 나이 서른에 조지 워싱턴대학에 입학하고 하버드대 대학원을 거쳐 프린스턴 대에서 국제정치 논문으로 박사 학위를 받았다.

1941년 미국에서 「JAPAN INSIDE OUT(일본의 가면을 벗긴다)」를 펴냈다. 그 책에서 그는 '일본이 반드시 미국을 공격할 것'이라고 역설했다. 책이 나온 지 넉 달 뒤 일본이 추측이 아닌 실제로 진주만을 폭격했다.

미국 정치인들은 한국인 이승만을 놀란 눈으로 새롭게 보았다. 이 대통령은 1954년 이 책의 한국어판 서문을 이렇게 썼다.

'일본인은 옛 버릇대로 밖으로는 웃고, 내심으로는 악의를 품어서, 교활한 외교로 세계를 속이는, 그러면서도 조금도 후회하거나 사죄하는 태도를 보이지 않을뿐더러…. 미국인들은 지금도 이를 알지 못하고 일인들의 아첨을 좋아하며 뇌물에 속아 일본의 재무장과 재확장에 전력을 다하고 있는 데도…. 심지어는 우리에게 일본과 친선을 권고하고 있으니….'

이 대통령은 한국어판 서문에서 '우리는 미국이 어찌하든지 간에 우리 백성이 다 죽어 없어질지언정 노예만은 되지 않겠다는 각오로 합심하여 국토를 지키면, 하늘이 우리를 도울 것이'라고 머리말을 맺었다.

뱁새가 봉황의 높은 뜻을 어찌 알리요마는, 관에 들어가는 순간까지 반일(反日)로 살아온 그를, 친일(親日)이라고 하고, 평생 용미(用美)한 그를 친미(親美)라고 하는 것은 사실을 모르거나 알면서도 매도하는 것이다.

최정호 울산대 석좌교수는 '어지러운 구한말 모두 중.일.러만 쳐다보고 있을 때, 청년 이승만은 수평선 너머의 미국을 바라보았다. 그래서 그를 19세기 한국의 콜럼버스라고 부른다. 우리 수천 년 역사에 오늘날 번영은 오로지 대한민국을 건국한 이 박사의 공로다. 그런데 지금 우리 국민은 이 위대한 지도자를 몰라도 너무 모른다'고 했다.

거인이 이룬 공(功)은 외면하고 왜곡하며, 과(過)만 파헤치는 일들이 지금도 계속되고 있다. 건국대통령의 50주기를 쓸쓸히 보내며, 그에게 감사할 줄 모르는 우리의 자해(自害)와 업(業)을 생각한다.

이승만 대통령은 자리에서 미 하와이로 물러난 후 한겨울에 난방용 땔감도 없었다. 하와이에선 교포가 내준 30평짜리 낡은 집에서 궁핍하게 살았다.

부인 프란체스카 여사의 친정에서 옷가지를 보내줄 때 포장한 종이 박스를 옷장으로 썼다. 교포들이 조금씩 보내준 돈으로 연명하며 고국 행 여비를 모은다고 5달러 이발비를 아꼈다. 늙은 부부는 손바닥만 한 식탁에 마주앉아 한국으로 돌아갈 날만 기다렸다.

그렇게 5년이 흘렀다. 이 대통령이 우리 음식을 그리워하자 부인이 서툰 우리말로 노래를 만들어 불러줬다고 한다. 이 대통령도 따라 불렀던 그 노래를 이동욱 작가가 전한다.

날마다 날마다 김치찌개 김칫국
날마다 날마다 콩나물국 콩나물

날마다 날마다 두부찌개 두부국
날마다 날마다 된장찌개 된장국.

아무도 없이 적막한 그의 묘 앞에 서서 이 노래를 생각
하니 목이 멘다. 당신들은 이승만이라는 세기적인 걸출한
위인이 있어 오늘의 대한민국이 있다는 걸 아시는가.

대한민국을 찾아주고 이 나라를 건국한 세계인이 존경
했던 한 민족 어버이 이승만 박사는 개, 돼지로 전락한 한
국인들의 배신으로 이역만리 바다 건너서 외롭게 세상을
떠났다.

계원 장군의 독립운동(1)

계원 장군 집터(현 중앙고교)

최용학

이번에는 독립 운동가 계원 노백린(桂園 盧伯麟) 장군을 중심으로 한 독립운동 역사 및 관련 독립유공자 몇 분에 대한 공적을 간단히 알려드립니다.

노백린 장군은 1873 년 황해도 송화(黃海道 松禾)에서 태어나신 분으로, 어려서부터 기골이 장대하고 뛰어난 힘을 가졌던 분이라 가까이 사는 분들이 '앞으로 대한제국 장군이 되실 분'이라고 많은 기대를 가졌던 분이었습니다.

이러한 분이 고향에서 한문을 배우다가 서울로 올라갔으며, 1895년에는 대한제국 관비유학생에 선발되어 일본으로 건너갔습니다. 그리고 일본에서는 경응의숙(慶應義塾)을 거쳐 성성학교(成星學校)를 졸업했으며, 이후 일본 육군 사관학교를 졸업한 후, 1900년에 귀국한 분이었습니다. 그리고 귀국 후에는 대한제국의 육군참위에 임관되었고, 한국부관학교의 교관에 임명되어 후진 양성에 많은 노력을 기울였던 분이었습니다.

이후에는 육군 정령(正領)으로 육군무관학교 교장, 헌병 대장, 육군 연성학교장, 군부(軍部) 교육국장 등을 역임하면서, 대한제국의 군대를 육성하는데 총력을 기울였던 분이었습니다.

그런데 이후 일본제국의 본격적인 우리나라 침략이 계속되었고, 1905년에는 을사늑약(乙巳勒約)이 일제의 강요로 체결되면서부터 국권이 흔들리기 시작했으며, 1907년에는 대한제국 군대가 해산되기까지에 이르고 말았던 것입니다.

이런 와중에서 1907년 4월에는 일제 침략에 대항하기 위해서 안창호(安昌浩) 선생이 발의한 신민회(新民會)에 양기탁(梁起鐸), 전덕기(全德基), 이동휘(李東輝), 이갑(李甲), 유동열(柳東說), 최광옥(崔光玉), 노백린(盧伯麟), 이승훈(李

承薰), 안태국(安泰國), 이회영(李會榮), 이상재(李商在), 윤치호(尹致昊), 조성환(曹成煥), 김구(金九), 박은식(朴殷植), 신채호(申采浩), 이강(李剛), 임치정(林蚩正), 이종호(李鍾浩), 주진수(朱鎭朱) 선생 등…. (이후에 대부분이 평생을 독립운동에 참여해서 많은 업적을 쌓으셨던 훌륭한 분들)과 함께 참여했던 것이었습니다.

이 단체의 취지는, 첫째 국민에게 민족의식과 독립사상을 고취(鼓吹)할 것, 둘째 동지들을 발견하고 단합해서 국민운동의 역량을 축적(蓄積)할 것, 셋째 교육기관을 각지에 설치하여 청소년의 교육을 진흥할 것, 넷째 각종 상공업기관을 만들어 단체의 재정과 국민의 부력을 증진할 것…. 등이었는데, 이것은 의병들의 무력 구국투쟁과 병행해서, 국민의 신지식, 역량의 증강으로 장차 실력에 의한 국권회복을 목표로 하는 것이었습니다. 이로써 새로운 국민 역량을 육성하고, 단결하여 새로운 주권수호투쟁을 전개하자는 것이었습니다.

이 단체의 명칭을 신민(新民)으로 한 것도 바로 이러한 뜻과 같았던 것이었습니다. 특히 국권회복의 기초조건으로서, 국민의 '실력양성'과 '기회 포착'을 목표로 일제의 국권 침탈을 막겠다는 뜻이었습니다. 특히 실력 양성을 위해서는 우리 민족을 새롭게 해서, 국민주권과 국민국가의 수립을 목표로, 스스로의 힘을 키우도록 해야 되겠다는 깊은 뜻을 목표로 세운 단체였습니다.

그뿐이 아니고, 구국 운동을 비롯해서, 만주에 독립운동 전초기지를 건설하기 위한 계획도 세웠습니다. 그런데 당시 이미 우리나라를 장악하고 있던 침략자들은, 이 단체를 불령 단체로 매도하고 105명이나 되는 많은 사람들을 체포했기 때문에, 이를 105인 사건이라고 하는 악랄한 사건이 되었던 것입니다.

이밖에도 많은 일들이 있었지만, 이번에는 중요한 내용만을 간단히 정리하였습니다. 이러한 신민회 활동에 참여했던 노백린 장군도 이후에는 적들의 추적을 피하기 위해 고향인 송화(松禾)로 내려갔으며, 이곳에서 민립학교 광무학당(光武學堂)을 설립했다고 합니다. 그리고 여기저기를 돌아보면서 앞으로 어떻게 국권을 회복할 것인가를 여러 가지로 계속 구상하기도 하였습니다.

그뿐만이 아니고 1908년에는 김구(金九), 최명식(崔明植), 김홍량(金鴻亮) 선생 등과 해서교육총회(海西敎育總會)를 조직해서 구국 교육운동을 계속하기도 하였습니다. 이렇게 고향에서 계속 활동하던 노백린 선생은 1910년 일제에 의해서 국권이 침탈되자, 미국(하와이)으로 망명하였다고 합니다.

그리고 1910년 6월에는 하와이에서 일본의 경응의숙(慶應義塾)에서 함께 유학했던 박용만(朴容萬) 후배를 만나, 오아후 가할루 지방에서 국민군단(國民軍團)을 창설해서 많은 젊은이들을 훈련시켜 계속 독립군을 양성하였습니다. 이러한 박용만(朴容萬·號·又醒) 선생도 아직 잘 알려지지 않고 있었기에, 이번에는 선생의 공적을 간단히 찾아보았습니다.

박용만 선생은 강원도 철원(鐵原) 출신으로 어려서 부모를 여의고, 숙부 박희병(朴羲秉) 슬하에서 성장한 분이었습니다. 1895년 일본 유학시험에 합격해서 일본에서 중학교를 졸업했으며, 경응의숙(慶應義塾)에서 노백린 장군과 함께 수학했던 분이었습니다.

이후 활빈당(活貧黨)에 가입해서 활동하다가, 적의 추적을 피하기 위해서 안국선(安國善), 오인영 등과 귀국 중에 피체되어 옥고를 치렀으며, 숙부와 선교사들의 도움으로 수개월 만에 석방될 수 있었던 분이었다고 합니다.

그리고 독립협회(獨立協會), 만민공동회(萬民共同會), 보안회(補安) 등에서 계속 활동하면서 애국계몽운동을 추진했으며, 1904년 7월에는 일제의 황무지개척권(荒無地開拓權)에 반대투쟁을 하다가, 다시 투옥되어 옥고를 겪게 되었다고 합니다. 당시 옥중에서는 정순만(鄭享萬), 이승만

(李承晩)과 만나 결의형제를 맺게 되었는데, 이후에 이분들을 이른바 삼만(三萬)으로 불리게 되었다고 합니다.

그리고 출옥 후에는 숙부가 있는 평안도 선천(宣川)에서 사립학교 교원으로 재직했으며, 여기에서 후일 미국에서 군사활동을 함께하게 된 정한경(鄭翰景), 유일한(柳 一韓) 선생 등도 만나게 되었다고 합니다.

이후 1905년에 다시 미국으로 망명하게 되었는데 당시 이승만의 아들 이태선(李泰善)과 정양필(鄭良弼), 유일한 등도 만나게 되었다고 합니다.

미국에서는 1906년경 숙부 박장현(朴章鉉)과 함께 미국 중서부 지역에서 많은 동지들을 취역시켰다고 합니다. 이러한 역할을 계속하다가. 1910년에는 하와이에서 노백린 장군을 만나 국민군단 창설도 함께한 분이었습니다. 그리고 1910년대에는 한인 유학생 절대 다수가 네브라스카주에 집중되어 있었는데, 이어서 1911년에도 당시 미국의 한인 대학생 80%가 이 지역에 집중되어 있었다고 합니다. 그래서 박용만 선생은 이 지역에 무관학교를 설립해서 많은 독립군도 양성했다고 전해지고 있습니다.

이후에는 신한민보(新韓民報) 주필로도 취임했으며, 1912년에는 대한인국민회 중앙총회를 결성한 후에 '대한인국민회'를 성장시키기도 했던 분이었습니다.

1913년에는 다시 하와이로 이전해서 한인자치제를 확립했으며, 1914년에는 군사 조직인 대조선국민군단(大朝鮮國民軍團)을 창설하고, 독립군을 양성하였습니다. 그러나 당시 여러 가지 환경으로 이승만과의 분열 상태가 발생해서 어려운 형편이 많았다고 합니다.

그래도 1917년에는 뉴욕에서 열린 약소국동맹회의(弱小國同盟會議)에 참여해서 임시정부 수립의 기초를 닦는 역할도 했다고 합니다. 그런데 1918년 2월에 영토 내에 국민군단(國民軍團)을 설립해서 일본 군함인 출운호(出雲號)가 호놀룰루에 도착하면 파괴하려 한다면서 미·일 관계를 악화시키고, 국제평화를 저해하는 행위이니, 미국에서 그의 군사 활동을 금지시키라고 요청하는 등… 정치적 음해공작을 계속했다고 합니다. 이로 인해서 박용만 선생은 미국 당국으로부터 스파이로 몰려 법정에까지 서는 수모를 겪었다고 합니다.

그러나 이후에도 쉬지 않고 본격적인 무장투쟁준비에 나선 박용만 선생은 1919년에 무오독립선언서(戊午獨立宣言書)를 번역해서 호놀룰루의 'Pacifie Commercial Advertiser'지에 보내는 한편, 3월에는 호놀룰루에서 조선독립단(朝鮮獨立團) 하와이 지부도 창설하는 등… 계속 활동한 분이었습니다.

그뿐이 아니고 1919년 4월에는 임시정부 외무총장에도 피선되었으며, 5월에는 연해주에 도착해서 대한국민군(大韓國民軍)을 조직하고 총참모로 취임하기도 했다고 합니다. 이후 1920년 봄에는 대동단(大同團) 무정부장(武政府長)에 임명되기도 했으며, 노령과 만주지역의 민족주의자들을 중심으로 독립군 조직에 많은 힘을 기울였다고 합니다. 그리고 1920년 여름에는 모스크바로 가서 임시정부 외무총장으로서 '소련의 노농정부(勞農政府)와 대한민국 임시정부가 상호 연합해서 활동한다'는 밀약도 체결했다고 합니다. 이로 인해서 돈화현(敦化縣)에서 간도주재 일본군경을 습격할 수도 있었다고 합니다.

그리고 1921년에는 북경 인근에서 군사통일주비회(軍事統一 籌備會)를 개최하기도 하였으며, 군자금을 준비하는 등…. 많은 활동을 하였습니다. (5집에 계속)

崔勇鶴

1937년 11월 28일, 中國 上海 출생(父:조선군 특무대 마지막 장교 최대현), 1945년 上海 第6 國民學校 1학년 中退, 上海인성학교 2학년 중퇴, 서울 협성초등학교 2학년중퇴, 서울 봉래초등학교 4년 중퇴, 서울 東北高等學校, 韓國外國語大學校, 延世大學校 敎育大學院, 마닐라 데라살 그레고리오 아라네타대학교 卒業(敎育學博士), 평택대학교 교수(대학원장 역임) 현) 韓民會 會長

'옛집 국수집' 이야기

* 퍼온 글

서울 용산구 한강대로 62길 26 삼각지역 2번 출구에서 2분 거리인 옛집 국수집에 얽힌 사연을 소개합니다. 그리고 오늘 윤대통령이 참모들과 5,000원 차리 잔치국수를 먹은 바로 그 집입니다.

5월 10일 들어선 윤석열 대통령 집무실 인근 서울 용산의 삼각지 뒷골목엔 '옛집 국수집'이라는 허름한 집이 있습니다.

달랑 탁자 4개뿐인 그곳에서 주인 할머니는 25년을 한결같이 연탄불로 진하게 멸치 국물을 우려내 그 멸치 국물로 국수를 말아냅니다.

10년이 넘게 국수 값을 2천 원에 묶어 놓고도 면은 얼마든지 달라는 대로 무한리필입니다(지금은 5,000원).

몇 년 전에 이 집이 TV에 소개된 뒤 나이 지긋한 남자가 담당 PD에게 전화를 걸어 다짜고짜 "감사합니다"를 연발했답니다.

그리고는 다음과 같이 자신의 사연을 말했습니다.

"15년 전 저는 사기를 당해 전 재산을 잃고 아내까지 저를 버리고 떠나 버렸습니다. 용산역 앞을 배회하던 저는 식당들을 찾아다니며 끼니를 구걸했지만, 찾아간 음식점마다 저를 쫓아냈습니다. 그래서 저는 잔뜩 독이 올라 식당에 휘발유를 뿌려 불을 지르겠다고 결심했습니다. 마지막으로 할머니 국숫집에까지 가게 된 저는 분노에 찬 모습으로 자리부터 차지하고 앉았습니다.

나온 국수를 허겁지겁 다 먹어갈 무렵, 할머니는 국수 그릇을 낚아채더니 국물과 국수를 다시 듬뿍 넣어 주었습니다. 그걸 다 먹고 난 저는 국수 값 낼 돈이 없어 냅다 도망치고 말았습니다.

가게 문을 뒤따라 나온 할머니는 이렇게 소리쳤습니다.

"그냥 걸어가, 뛰지 말고 다쳐, 배고프면 담에 또 와!"

도망가던 그 남자는 배려 깊은 할머니의 그 말 한마디에 그만 털썩 주저앉아 엉엉 울었다고 합니다. 그후 파라과이에서 성공한 그는 한 방송사에 전화를 함으로써 이 할머니의 얘기가 세상에 알려지게 되었습니다.

할머니는 부유한 집에서 곱게곱게 자랐지만 학교 교육을 받지 못해 이름조차 쓸 수 없었습니다. 그러나 그녀에게 분에 넘치게도 대학을 졸업한 남자로부터 끈질긴 중매 요구로 결혼을 했습니다.

건축 일을 하며, 너무도 아내를 사랑했던 남편은 마흔한 살이 되던 때 4남매를 남기고 암으로 세상을 떠나고 말았습니다. 할머니는 하늘이 무너지는 것 같았습니다.

어린 4남매를 키우느라 너무도 고생이 극심해서 어느 날 연탄불을 피워놓고 4남매랑 같이 죽을까 하고 결심도 했습니다. 그러던 중 옆집 아줌마의 권유로 죽으려고 했던 그 연탄불에 다시다 물을 우려낸 국물로 용산에서 국수 장사를 시작했습니다.

처음엔 설익고 불어서 별로 맛이 없던 국수를 계속 노력한 끝에 은근히 밤새 끓인 할머니 특유의 다시마물로 국수맛을 내서 새벽부터 국수를 말아 팔았습니다.

컴컴한 새벽에, 막노동자, 학생, 군인들이 주된 단골이었습니다. 할머니는, "하나님, 이 국수가 어려운 사람들의 피가 되고 살이 되어 건강하게 하소서."라고 아침에 눈을 뜨면서 기도한다고 합니다.

고작 네 개 테이블로 시작한 국수집이 지금은 조금 넓어져 궁궐 같아 감사하게 생각한다고 합니다. 그 테이블은 밤이면 이 할머니의 침대가 됩니다.

그런데 어느 날, 할머니의 아들이 국수가게에서 일하던 아줌마를 데려다 주러 나갔다가는 영영 돌아오지 않았습니다. 심장마비로 죽었던 것입니다.

할머니는 가게 문을 잠그고 한 달, 두 달, 무려 넉 달을 문을 열지 않았습니다. 그러자 대문에는 이런 쪽지들이 붙었습니다.

〈박중령입니다. 어제 가게에 갔는데 문이 잠겨 있더군요. 댁에도 안 계셔서 쪽지 남기고 갑니다. 제발 가게문 열어주십시오. 어머니 국수 맛있게 먹고, 군대 생활하고, 연애도 하고, 결혼도 하게 되었습니다. 어머니가 끓여준 국수 계속 먹고 싶습니다. 어머니 힘내세요. 옛날처럼 웃고 살아요. 가게문 제발 여세요.〉

어떤 날은 석 장, 어떤 날은 넉 장, 사람들로부터 편지 쪽지가 계속 붙었습니다. 많은 사람들이 힘을 내시라고 위로하고 격려하는 쪽지로 힘을 얻은 할머니는 그제야 다시 국수가게 문을 열었습니다.

할머니 가게는 이제 국민의 국수집으로 불립니다. 할머니는 오늘도 배려와 사랑의 다시마물을 밤새 우려내고 있습니다. 할머니는 이 모든 게 다 그 파라과이 사장 덕이라는 것입니다.

'그게 뭐 그리 대단하다고 이 난리냐'는 것입니다.

할머니는 오늘도, '모든 것이 감사하다.'고 하십니다. 할머니는 자신에게 닥친 불행을 행복으로 만들고 있습니다. 그 비결은, 다른 사람을 향한 배려와 연민이 아닐까요? 용산 대통령 집무실 보러 가게 되면 꼭 '옛집국수집'에 가서 국수를 먹어야겠습니다.

오늘 윤석열 대통령께서 참모들과 이 집에서 일반인들과 담소하며 5,000원 짜리 잔치국수를 드셨다고 뉴스에 나왔습니다. 지성이면 감천이란 말이 있지요. 바로 이런 것이 주인 할머니의 오늘 현주소가 아닐까요?

으라차차 뚜벅이 동화 속에 나오는 메세나 운동 이야기

"메세나 운동이라는 건 대기업이 하면 노벨상 작가도 내고 돈도 벌 수 있는 아이디어야."

"자네는 마치 캄캄한 거리에 등불을 켜 들고 오는 철학자 같네."

"우리나라 대기업들이 자네처럼 작가 한 명씩만 맡아서 길러낸다면 노벨 문학상 수상자가 줄줄이 나올 것이네. 세계 기능올림픽에 우리나라가 참가한 이후 다른 나라에서 1등을 못 가져가듯 우리 작가 작품을 외국어로 번역하여 세계에 내놓으면 그럴 것 일세. 기능공이 가능했듯이 문학도 가능할 것이란 말일세."

"바로 그거야. 좋은 작가를 배출하여 세계 문학계에 내보내어 나라를 빛내자는 생각일세. 세계 시장이 바로 우리 시장이 아닌가, 쇄국 정책을 쓰던 시대가 아니고 열린 세계를 바라보자는 것일세."

‖만약 기업인이 이 글을 보신다면 고려해 보시기 바랍니다‖

안 보이는 눈에는 희망만 보였다

- 강영우 박사의 자서전을 읽고 -

최강일

강영우 박사는 자신의 장애를 축복으로 여기고, 하나님께 드리는 봉사와 희생의 생활을 통해 모든 어려움을 극복했으며, 성령님의 인도하심으로 훌륭한 반려자를 만나 보통 사람이 이룰 수 없는 엄청난 성과를 올리고 한국인의 긍지를 세계만방에 알린 훌륭한 삶을 창조하신 분이었다.

경기도 양평에서 태어나 독실한 기독교인이었던 부모님의 가르침을 받으며 지내다가 6.25전쟁으로 인하여 삶의 터전이 완전히 붕괴되자, 전쟁 후 서울로 이사했다. 그러나 불행하게도 부친께서 갑작스런 병환으로 세상을 뜨면서 가족들이 어려움에 처하게 된다. 게다가 14세 때 축구시합을 하다가 공에 눈을 맞아 망막박리란 증상으로 2년여 간 치료과정을 거쳤지만 결국 시력을 완전히 잃고, 얼마 있던 재산마저 탕진한 채 어머니는 실망에 빠져 애쓰시다 뇌졸중으로 세상을 뜨시고 만다. 졸지에 고아의 처지가 되자 누나는 학업을 포기하고, 가장의 역할을 위해 평화시장에서 봉제공으로 2년간 고된 일을 하면서 애쓰다가, 과로로 몸져 눕더니 끝내 건강을 회복하지 못하고 그녀마저 세상을 떠나는 엄청난 불운이 닥친다. 4년 만에 부모님과 누나까지 잃는 감당할 수 없는 처지에 빠지고 만다. 어쩔 수 없이 강 박사는 맹아학교로, 여동생은 고아원으로, 남동생은 철물점 점원으로 가게 되면서 남은 가족들이 뿔뿔이 흩어져야 했다.

　어린 나이에 들이닥친 엄청난 고난을 만나, 자포자기의 심정으로 별별 생각을 다하며 방황할 때, 어느 목사님께서 "갖지 못한 한 가지를 불평하기보다는 가진 것 열 가지를 감사하자"라고 하신 말씀에 감화를 받게 된다. 살 길을 찾기로 마음먹고 제자리를 찾으려 애쓰게 된다. 때마침 그의 어려운 사정을 알고, 그를 돕기 위해서 모금활동에 애써주던 권순귀 씨가 여대생 걸스카우트 지도자 양성 활동 중 그를 불러 회원들에게 소개하면서 위로하고는 정류장까지 바래다주겠다고 하자, 당시 숙명여대 영문과 1학년생이던 석경숙 학생이 자원해서 나서게 된다. 그녀가 강영우 학생의 처지를 이해하면서 그를 돕기로 결심하고 인연을 맺게 된 것이, 결국 평생에 걸쳐 강박사와 함께하는 부부의 인연으로 이어지게 된 것이다.

　중학교 2학년을 중퇴하고 맹아학교에 입학하자, 새로 점자와 한글타자 연습, 직업교육으로 안마를 배우다 보니, 다시 중학교 1학년 과정을 배워야 하는 처지가 된 것이다. 석경숙 양은 무남독녀로 지내면서 동생이 있었으면 좋겠다고 생각하여, 강영우 학생을 동생으로 삼기로 하고 여러 모로 도왔다. 맹아학교 기숙사로 찾아가 책도 읽어 주고, 소풍갈 때는 김밥도 싸다 주고, 빨래도 해주면서 열심히 공부해서 대학에도 진학하라고 격려해 주곤 했다.

그로부터 수년이 흘러 강영우 씨는 연세대 교육학과에 진학하여 열심히 노력해서 거의 A학점으로 장학생에 선발되었으며, 문과대학 차석으로 졸업하는 기쁨을 맞게 되었다. 이제는 다 자란 성인으로서 서로의 생각이 일치하는 것을 확인하고 강영우 학생이 청혼하게 되고 그녀도 기꺼이 받아들였다. 그러면서 강영우 씨는 석경숙이란 이름을 석은옥으로 하자고 제안하자 서로 동의하여 석은옥이란 이름으로 평생을 살아가게 되었다.

물론 부모님과 친구들의 반대가 심했으나, 본인의 의지를 꺾을 수 없었기에 1972년 약혼 후, 3년 만에 나이 서른이 다 되어 한 살 아래의 시각장애인 신랑과 결혼을 하게 된 것이다. 자원봉사자로 1년, 누나로 6년, 약혼녀로 3년 그 후 34년에 걸친 아내로서의 그녀의 일생이 시작된 것이다.

그 무렵 강영우 씨는 관계기관에 알아보면서 해외유학을 희망하게 되었다. 그 방향으로 노력한 결과 국제 로터리재단의 장학생으로 선발되는 행운을 얻게 되어 미국 피츠버그 대학으로 유학하기로 결심했다. 그러나 장애인은 해외 유학의 결격사유가 된다며 허락되지 않았으나, 당시 민관식 문교부장관의 결단으로 유학길에 오르게 되었다. 여러 가지 어려움을 겪는 그들에게 또 다시 도움의 손길이 있어 그들은 위안을 얻는다. 당시 미국에서 선교사업을 위한 공부를 하면서 활동하던 이선희 씨가 알선하여 그들의 학비를 지원하겠다는 양부모를 만나게 된 것이다. 그렇게 지내면서 학비는 해결되었으나 시간이 지나자 생활비를 지원하던 장학금이 기간 만료로 지급되지 않아 난처한 입장이 되었다.

어쩔 수 없어 부인이 병원 청소원으로 취직하려 했지만, 이민국에서 노동허락이 나지 않았다. 그렇게 애태울 때, 공원에서 그네를 타는 여성 시각장애인을 우연히 만나 이야기를 나누다가, 딱한 사정을 알게 된 그 시각장애인 부부가 자기 집 3층을 내줄 터이니, 대신 식사 후 설거지와 그들이 외출 시 두 자녀를 돌보아달라는 제안을 했다. 별다른 방법이 없던 그들은 너무도 고마워하며 정말 한시름 놓게 되었던 것이다. 그런 기회를 또다시 주신 하나님께 감사하지 않을 수 없었다. 그런 과정을 겪으면서도 남편이 시각장애인이라 불행하다고 생각해본 적이 한번도 없었다니 참으로 놀라운 일이 아닐 수 없다.

1976년 4년 만에 남편이 드디어 피츠버그 대학에서 교육학박사 학위를 취득하게 된다. 이제는 가장으로서 가족을 부양해야 했으나, 8개월간이나 일자리가 마련되지 않았다. 그때도 부인은 남편에게 "여기까지 인도해주신 하나님께서 그냥 두실 리가 없을 터이니 인내하며 좀 더 기다리며 취직 자리나 열심히 찾아봅시다" 하면서 위로했다고 강 박사는 늘 고마워한다고 실토하기도 했다.

그러던 어느 날 드디어 남편이 인디아나주 교육부에 취직하게 되었으니 그들의 기쁨이 얼마나 컸을지 짐작하고도 남는다. 그 후 부인 석은옥 여사는 30년간 무사고로 차를 몰면서 남편을 도울 수 있었다고 한다.

1987년 9월 강영우 박사가 미국 유학 후 박사학위를 취득하고 성공한 모습으로 한국에 귀국하자, 언론들이 강 박사의 인생승리의 역사를 대서특필함으로써 일약 유명인사로 등장하게 된 것이다. 이어서 미국 부시대통령은 강영우 박사의 자서전을 읽어보고 감동하여, 그를 백악관 장애인정책차관보로 위촉하여, 8년간이나 성공적으로 장애인들의 교육과 복지에 기여하며 헌신하게 되었다. 또한 유엔의 세계장애인위원회 부의장으로 위촉되어 봉사하면서 세계 곳곳을 다니며 장애인들에게 희망과 용기를 불어넣어준 공로를 인정받아 2008년에는 국제 로터리클럽이 수여하는 인권박애상도 수상하는 영광을 누리게 된다. 강 박사의 부인 석은옥 여사도 대학원을 나와 미국 장애인 교육에 공헌하면서 노력한 결과를 인정받아, 미국 교육인명 사전에 등재되는 영광을 누리며 그간 견디어온 모든 역경을 이겨낸 산 증인으로서 존경을 받고 있다.

그러나 강 박사는 2012년 건강검진에서 청천병력 같은 의사의 진단을 받게 된다. 췌장암 말기라는 판정을 받게된 것이다. 이를 어떻게 해석해야 할지 모르겠으나, 본인은 담담하게 담당의사의 판정을 받아들이며 더 이상 암치료를 거부하고, 이 세상에서 하나님이 의도하신 일을 모두 완수하고, 많은 은혜를 입은 사람으로서 감사한다면서 주변을 정리하기 시작했다.

지인들에게 하직 인사를 할 수 있는 시간을 허락하여 주심에 감사하면서, 그간 많은 사람들에게 받은 은혜를 다소라도 갚겠다며 20만 달러를 평화장학금으로 기부하겠다고 하자, 성장한 아들들도 동참하겠다며 5만 달러를 함께하여, 한 가족이 기부할 수 있는 최고한도인 25만 달러를 기부하기도 했다. 하나님의 부르심에 두말없이 순응하면서 향년 68세로 이 세상에서 겪었던 파란만장했던 삶을 마치고, 평생 동안 의지하고 마음속에 모셨던 하나님의 품으로 돌아갔다.

오직 한 번뿐인 인생을 한 편의 드라마처럼 살다 가신 강영우 박사님의 일생은 그야말로 인간승리요, 성공 그 자체라고 말할 수 있을 것이다. 그는 시각장애인이었지만 마음의 눈을 통해 세상을 다시 보고, 많은 사람들에게 희망과 용기를 심어주었다. 그는 꿈과 믿음이 있는 사람에게는 불가능이란 없다는 것을 보여준 산 증인이었다.

승리의 사람 강영우 박사를 말할 때, 우리는 그를 있게 한 부인 석은옥 여사를 잊어서는 안 될 것이다. 불쌍한 고아 소년을 도우며, 모든 부귀영화를 버리고, 하나님이 주셨다고 믿는 일에 평생을 바쳐 인내하면서, 현명하게 강 박사를 이끌어온 인간 천사 석은옥 여사의 열정과 헌신의 역사를 기억해야 할 것이다.

원대한 목표와 치밀한 계획, 과감한 실천을 통해 많은 업적을 남기신 강영우 박사와 석은옥 여사의 삶의 과정과 성취는 두고두고 우리들의 심금을 울려줄 것이다.

최강일

『한국크리스천문학』 수필등단, 한국크리스천문학가협회 회원, 고려대학교 영어영문학과 졸업, 남강고등학교 교사로 정년퇴임, 옥조근정훈장 대통령표창 수상

국가지도자에 대한 생각

허용범 기자님의 글

전자신문 기사를 읽다가 울컥했다.

1970년대 초반 KAIST 설립에 관한 이야기가 한 면에 걸쳐 실렸는데, 그 긴 기사의 끄트머리에 박정희 얘기가 있었다.

미국에서 돈을 얻어 홍릉에 KAIST를 설립한 박 대통령은 어느 날 그곳을 순시하면서 배순훈 기계공학과 교수가 미국 MIT박사라는 얘기를 듣고 이렇게 부탁했다.

"연탄온돌방에서 가스로 목숨을 잃는 이가 많은데 해결 방법을 연구 좀 해주시오."

대통령의 지시를 받은 배 교수는 KAIST 내에 실제 집을 짓고 연탄가스 문제 해결방법을 찾았으나 결국 실패했다. 무색무취의 연탄가스를 막을 방법은 현실적으로 없다는 보고서를 대통령에게 제출해야 했다.

그 보고서를 본 박정희는 이렇게 말했다고 적혀 있다.

"안 되는 이유를 설명하지 말고 되는 방법을 제시하시오!"

훗날 정보통신부 장관을 지내기도 했던 배순훈 교수는 다시 연구를 시작했고, 결국 온수로 방을 데우는 온수온돌 방법을 찾아냈다. 이것이 지금 대한민국 모든 가정이 쓰는 온수온돌의 시작이었다고 한다.

미국에서 돈을 구걸하다시피 얻어 KAIST를 세우고 전액 국비로 과학기술 인재양성에 매진하던 1970년대 초. MIT박사 출신 교수에게 거창한 과학기술적 명제가 아니라, 연탄가스로 숨지는 서민들의 삶을 개선할 방법을 찾아달라고 부탁했던 대통령이었다.

그리고 결국엔 '온수온돌이라는 혁명적인' 방법을 찾아내고야 말도록 했던 사람. 나름 박정희에 대해 많이 알고 강연을 할 수준이라 자부하고 살았는데, 보일러로 물을 데워 돌리는 온수온돌 방식마저 박정희와 연결된 줄은 미처 몰랐다.

정치, 군사적으로 엄혹하기 짝이 없었던 그 시절, 독재자라는 국가 지도자의 진면목을 또 하나 알게 되자 가슴이 짠해 온다.

- 허용범 전 조선일보 기자 -

(이 글이 너무 좋아서 허선생님 허락도 없이 올렸습니다. 울타리를 빛내는 글에 감사를 드립니다.)

대통령 아버지의 교육

첫번째 이야기.

다섯 명의 자식을 둔 아버지가 있었습니다.

그 중 한 명의 아들이 유독 병약하고 총명하지도 못하여 형제들 속에서조차 주눅 들어 있는 아들이 아버지는 늘 가슴 아팠다고 합니다. 어느 하루, 아버지는 다섯 그루의 나무를 사왔습니다. 그리고 다섯 명의 자식들에게 한 그루씩 나누어 주며 1년이라는 기한을 주었습니다.

가장 잘 키운 나무의 주인에게는 뭐든 원하는 대로 해주겠다는 약속과 함께 말입니다.

약속한 1년이 지났습니다. 아버지는 자식들을 데리고 나무가 자라고 있는 숲으로 갔습니다. 놀랍게도 유독 한 그루의 나무가 다른 나무들에 비하여 키도 크고 잎도 무성하게 잘 자라고 있었습니다.

바로 아버지의 가슴을 가장 아프게 하였던 그 아들의 나무였던 거지요. 약속대로 아버지는 아들에게 원하는 것을 물었고, 예상대로 이 아들은 자기가 딱히 무엇을 요구하여야 할지조차도 말하지도 못하였다고 합니다.

아버지는 이 아들을 향해 큰소리로 칭찬하기를 이렇게 나무를 잘 키운 것을 보니 분명 훌륭한 식물학자가 될 것이며 그리 될 수 있도록 온갖 지원을 아끼지 않겠다고 가족 모두 앞에서 공표하였습니다.

아버지와 형제들로부터 명분 있는 지지와 성원을 한 몸에 받은 이 아들은, 성취감이 고조되어 식물학자가 되겠다는 꿈에 부풀어 그날 밤 잠을 이루지 못하였습니다.

하얗게 밤을 지낸 새벽 잘 자라준 나무가 고맙고 하도 신통하여 숲으로 갔습니다. 어스름한 안개 속에 움직이는 물체가 그의 나무 주변에서 느껴졌고 곧이어 물조리개를 들고 있는 아버지의 모습이 아들의 두 눈에 보였습니다.

그 후 이 아들은 비록 훌륭한 식물학자는 되지 못하였으나, 미국 국민들의 가장 많은 지지와 신뢰를 받은 훌륭한 대통령이 되었습니다. 그분이 바로 세계에 이름을 떨친 '프랭클린 루즈벨트' 대통령이라고 합니다.

미국 최초의 4선 대통령으로서, 오늘날 미국 행정부의 기능과 역할은 그의 통치방식에 힘입은 바 크며, 국내적으로는 1930년대 미국의 대공황 타개를 위하여 뉴딜정책을 추진했고, 대외적으로는 제2차 세계대전 동안 연합국을 지도함으로써, 이후 미국이 세계평화에 기여하는 토대를 마련하였습니다.

□ 두번째 이야기

아버지, 어머니, 딸 이렇게 세 식구가 모처럼의 가족여행 중에 교통사고가 났습니다.

자동차가 언덕 아래로 구르는 큰 사고였습니다. 어머니만 상처가 가벼울 뿐 아버지와 딸은 모두 크게 다쳐서 병원에 입원해야 했습니다.

특히 딸은 상처가 깊어서 오랫동안 병원치료를 받았음에도 평생 목발을 짚고 다녀야 했습니다. 당시 사춘기였던 딸은 무엇보다도 마음의 상처가 깊었습니다.

친구들이 학교에서 체육을 할 때에도 딸은 조용히 그늘에서 구경만 했습니다.

그나마 같은 목발 신세인 아버지가 딸에게는 큰 위안이 되었습니다. 아버지도 지난 교통사고 이후 목발을 짚어야 하셨던 것입니다. 딸이 투정을 부려도 그 처지를 누구보다도 잘 아는 아버지가 나서서 말없이 받아주었습니다.

딸에게는 아버지와 같이 공원 벤치에 나란히 목발을 기대놓고 앉아 이런저런 이야기를 나누는 것이 유일한 행복이었습니다.

딸은 힘들고 어려웠던 사춘기를 잘 넘기고 대학에 입학하였고 그 입학식에 아버지도 참석해 주셨습니다.

그 해 어느 날이었습니다. 세 식구가 길을 가고 있었습니다. 마침 그 앞에서 작은 꼬마 녀석이 공놀이를 하고 있었습니다.

그런데 공이 큰길로 굴러가자 꼬마는 공을 주우려고 좌우도 살피지 않고 자동차가 오고 있는 큰 길로 뛰어 들었습니다.

이때, 놀라운 일이 벌어졌습니다. 아버지가 목발을 내던지고 큰 길로 뛰어들어 꼬마를 안고 길 건너 쪽으로 달려가는 것이었습니다. 순간 딸은 자기 눈을 믿을 수가 없었습니다. 잠시 후 어머니가 딸을 꼬옥 안아주며 딸에게 이렇게 속삭였습니다.

"애야, 이제야 말할 때가 된 것 같구나. 사실은 너의 아버지는 다리가 전혀 아프지 않으시단다. 퇴원 후에 다 나았거든, 그런데 네가 목발을 짚어야 된다는 사실을 알고 나신 후 아버지도 목발을 짚겠다고 자청하셨단다. 너와 아픔을 같이해야 된다고 하시면서 말이다. 이것은 아빠 회사 직원들은 물론 우리 친척들도 아무도 모르는 사실이란다. 오직 나와 아버지만이 아는 비밀이야."

딸은 길 건너에서 손을 흔드시며 어린아이처럼 해맑게 웃으시는 아버지를 보면서 오랜 시간 자신을 위해 말없이 가슴속에 품었던 아버지의 사랑에 하염없이 눈물을 흘렸습니다.

김영랑의
'모란이 피기까지는'

제주 조각공원에 세워진 김영랑의 시비

모란이 피기까지는

나는 아직 나의 봄을 기다리고 있을 테요.

모란이 뚝뚝 떨어져 버린 날

나는 비로소 봄을 여윈 설움에 잠길 테요.

오월 어느 날, 그 하루 무덥던 날,

떨어져 누운 꽃잎마저 시들어 버리고는

천지에 모란은 자취도 없어지고
뻗쳐오르던 내 보람 서운케 무너졌느니
모란이 지고 말면 그뿐,
내 한 해는 다 가고 말아
'모란이 피기까지는'
삼백 예순 날 하냥 섭섭해 우옵네다.
모란이 피기까지는
나는 아직 기다리고 있을 테요.
찬란한 슬픔의 봄을.

김영랑(1903. 1. 16~1950. 9. 9)

金永郎(允植은 전남 강진의 5백 석 갑부의 장남으로 태어나 한학을 배우며 자라 강진 보통학교(1909~1915)를 다녔다. 어머니의 도움으로 기독교청년회관에서 영어를 수학(1916)했고 휘문의숙에 입학(1917) 아오야마학원에 입학(1920)하였다.

시인 박용철과 가깝게 지내오다(1922) 1930년부터 박용철, 정지용, 이하윤, 정인보 등과 '시문학' 동인으로 참가하여 '동백잎에 빛나는 마음'(시문학 1호.1930.3) 등의 순수 서정시를 발표하였다. 시 '모란이 피기까지는'(문학 3호.1934.4)을 발표하였다.

그의 첫 시집 '영랑 시집'(시문학사.1935)에서 가냘프고 질긴 순수한 서정을 세련된 언어와 리드미컬한 율조로 읊은 그의 시는 윤선도의 서정과 일맥상통한 점이 있다. 정지용의 감각적 기교와는 달리 순수 시의 한 봉우리를 이룩했다.

광복 후 그는 향리에서 민속운동에도 참가한 바 있으며, '연'(백민 1949.1) '오월의 아침'(문예 1949.9) '영랑 시선'(중앙문화협회 1949) 등의 시집을 냈다.

공보부 출판문화국장을 지낸 바 있고(1949) 6.25전쟁 때 서울에서 은신하다가 복부에 포탄 파편을 맞고 사망했다. 그는 서울 망우리에 안장되었다. '모란이 피기까지는'의 그의 시비는 광주광역시 광주공원(1970)을 비롯한 다른 세 곳에도 세워졌다.(天燈文學會長)

찾아가는 길

제주 시외버스 터미널에서 모슬포 행에 몸을 싣고 약 25분간 달리면 제주조각공원 신천지미술관이 있다. 이 미술관에는 야외조각 전시장(350여점의 조각품)을 비롯하여 시가 있는 동산에 60여 점의 시비조각 이 산재하여 세워졌다.

신천지미술관은 조각가 정관모(성신여대 교수)가 미술문화 발전을 위하여 1987년 4월 25일에 개관된 전시공간으로 3만여 평의 드넓은 부지의 지형에 맞게 설치되었다.

김영랑의 '모란이 피기까지는' 시비는 널빤지 모양의 긴 타원형의 화강암을 옆으로 세워서 시를 음각해 놓았다.

이진호

「충청일보」신춘문예, 「소년」동시, 새마을노래 『좋아졌네좋아졌어』, 동시집 『꽃잔치』 외 5권, 동화집 『선생님, 그럼 싸요』 외 한국문인협회, 국제펜 이사, 한국아동문학작가상 외 다수

행복

유치환
감상평 박종구

- 사랑하는 것은
사랑을 받느니보다 행복하나니라
오늘도 나는
에메랄드빛 하늘이 환히 내다뵈는
우체국 창문 앞에 와서 너에게 편지를 쓴다.

행길을 향한 문으로 숱한 사람들이
제각기 한 가지씩 생각에 족한 얼굴로 와선
총총히 우표를 사고 전보지를 받고
먼 고향으로 또는 그리운 사람께로
슬프고 즐겁고 다정한 사연들을 보내나니

세상의 고달픈 바람결에 시달리고 나부끼어
더욱더 의지 삼고 피어 헝클어진 인정의 꽃밭에서
너와 나의 애틋한 연분도
한 망울 연연한 진홍빛 양귀비꽃인지도 모른다

- 사랑하는 것은
사랑을 받느니보다 행복하나니라
오늘도 나는 너에게 편지를 쓰나니
- 그리운 이여, 그러면 안녕!
설령 이것이 이 세상 마지막 인사가 될지라도
사랑하였으므로 나는 진정 행복하였네라

사랑은 상대적일 때 비극이다.

시인 유치환의 사랑은 받는 것 없이 보내는 일방적 차원이다. 그는 이 이루어지지 않는 애틋한 연분을 수백 통의 연서에 담았다고 한다. 그의 시 '그리움'의 행간에 그의 사랑의 무늬가 얼비치고 있다.

파도야 어쩌란 말이냐
파도야 어쩌란 말이냐
임은 물같이 까딱 않는데
파도야 어쩌란 말이냐

날 어쩌란 말이냐

시인은 사랑이 결코 완벽하거나 영원하지 않다고 고백하고 있다. 세상의 꽃밭에서 너와 나의 연분도 한 망울 양귀비꽃인지도 모른다고 비유하고 있다. 이 세상에서 생명이 다할 때 끝나는 사랑, 그래서 아직은 행복한 사랑을 노래하고 있다.

– 사랑하는 것은 사랑받느니보다 행복하나니라

비록 이 세상에서 이룰 수 없는 사랑이라 할지라도, 사랑함으로 행복을 창조하는 그 신비를 노래하고 있다.

사랑함으로 넉넉해진 시인의 행복의 향기가 '당신은 사랑받기 위해 태어난 사람'이라고 강변하는 오늘의 풍토에 운무처럼 스며들 수 있을까.

박종구

경향신문 동화「현대시학」시 등단,
시집「그는」외, 칼럼「우리는 무엇을 보는가」외 한국기독교문화예술대상, 한국목양문학대상, 월간목회 발행인

물처럼 그렇게 살 순 없을까

김소엽

가장 부드러운 물이
제 몸을 부수어
바위를 뚫고 물길을 내듯이
당신의 사랑으로
단단한 고집과 편견을 깨트려
물처럼 그렇게 흐를 수는 없을까

내 가슴 속에는 언제나
성령의 물이 출렁이는
사랑의 통로 되어
갈한 영혼을 촉촉이 젖게 하시고
상한 심령에 생수를 뿌리시어
시든 생기를 깨어나게 하는
생명의 수로가 될 수는 없을까

물처럼 낮은 곳만 찾아 흘러도
넓고 넓은 바다에 이르듯이

낮은 곳만 골라 딛고 떠나가도
영원한 당신 품에 이르게 하시고
어떤 어려움과 역경 속에서도
오늘도 내일도 여일하게
쉬임없이 나의 갈 길을 달려 가며는
마침내 영혼의 바다에 다다를 것을 믿으며

물처럼 내 모양 주장하지 않아도
당신이 원하는 모양대로
뜻하시는 그릇에 담기기를 소원하는
유순한 순종의 물처럼 살 순 없을까

그늘지고 외로운 곳 닿는 자리마다
더러운 때는 씻어주고
아픈 곳은 쓰다듬고 어루만지며
머무르지 않고도 사랑해 주는 냉철함과
장애물을 만나서도 절대로 다투지 않고
휘돌아 나가는 슬기로움과
폭풍우를 만나서도
슬피 울며 퍼져 있는 대신에
밑바닥까지 뒤집어
나도 모를 생의 찌꺼기까지 퍼올려

인생을 정화시키는 방법을 깨달을 수는 없을까

물처럼 소리 없이 흐르면서도
나를 조금씩은 나누어
땅속에 스며들게도 하여
이름 모를 들풀들을 자라게 하며
나를 조금씩은 증발케도 하여
아름다운 구름으로 노닐다가
나의 소멸이

훗날, 단비로 내려져서
큰 생명나무를 기를 수는 없을까

물처럼 그렇게 흐를 수는 없을까
우리 모두
물처럼 그렇게 살 수는 없을까

김소엽

호서대 교수 역임, 한국기독교문화예술총 연합회 회
장, 국제 펜클럽 한국본부 이사, 한국크리스천문학가
협회회장 역임, 한국 여성 문학인회 이사

물에는 뼈가 없습니다

유승우

물에는 뼈가 없습니다.
굵은 뼈, 잔 뼈, 가시도 없으며,
척추도 관절도 없습니다.

심장을 보호할 갈비뼈도 없어서
맑은 마음이 다 드러나 보입니다.

뼈가 없어서 누구하고도
버티어 맞서지 않습니다.

뼈대를 세우며
힘자랑을 하지 않습니다.

누가 마셔도 목에 걸리지 않고
그의 뱃속에 들어가 흐릅니다.

누구를 만나도 껴안고

하나가 됩니다.

뼈대 자랑을 하며
제 출신을 내세우지 않습니다.

높은 곳 출신일수록 맑고,
더욱 빨리 몸을 낮춥니다.

뼈도 없는 것이 마침내
온 땅을 차지하고 푸르게 출렁입니다.

그렇게 살고 싶습니다.

유승우

「현대문학」 등단, 시집:『바람변주곡』,『나비야나비
야』,『물에는 뼈가 없습니다』 외, 현) 인천대학교
명예교수 한국문인협회, 국제펜한국본부 고문, 후
광문학상,심연수문학상, 창조문예문학상 수상

심장소리

이어령

숨 쉬는 소리를 들어보세요.
심장이 뛰는 소리를 들어보세요.
살아 있는 것들은 자기 몸 안에
시계 하나씩을 지니고 산다는 말

숨을 한 번 내쉬고 들이마실 때
심장은 네 번 뛴다는 말
사람, 코끼리, 생쥐까지도
모든 포유류가 다 같다는 말.

숨 쉬는 횟수는 5억 번
심장이 뛰는 수는 20억 번
일생 동안 뛰는 수는 똑같다는 말.
짐승들의 몸집과 수명은 다 달라도
몸속의 시계는 다 같은 것.

Heartbeat

O Young Lee

Listen to the breath;
Listen to the heart;
In every creature there lies clock;
All creatures pass alike.

All creatures breathe alike;
Four heartbeats for each breath,
Elephants, humans, and mice,
All creatures pass alike.

Five hundred million breaths,
Two billion beats of heart,
All creatures share the same;
Counting their lives by each distinctive body
clock

각자의 몸시계로 일생을 재면
큰 코끼리의 시간 작은 생쥐의 시간이
똑같다는 말

아니지, 그럴 리가 없어요.
젖을 먹으며 아기는 엄마의 가슴에서 뛰는
심장 소릴 듣고
엄마는 아기를 품 안에 안으며 아기
숨소리를 듣고

그것은 사랑의 시계
우주의 시계

영원의 시계가 돌아가는 소리
그것은 5억이나 20억의 수로는
계산할 수 없는
생명의 고동 생명의 숨

However big or small, however long in time,
All creatures pass alike.
That counts away each day,
The time of elephant and mouse passes away
the same.

Is such the way to see our being?
Nay, it cannot be so.
For such is not the way,
The nursing child in her arms hears Mother's
heart,
The mother hears its breath, taking child in
her arms.

It is the wondrous clock of love,
It is the clock of all design.

The ticking clock, eternal time,
Beyond our power to divine,
Five hundred million breaths, two billion beats
of heart,
The sound and breath of life.
(영역 조신권 Shin Kwon Cho)

내 모습 이대로

李鍵淑

장숙은 키가 1백 85센티나 된다.

헝가리나 북유럽엔 장신의 남자들이 많지만 한국엔 이런 장신이 드문 현실이다. 여자가 너무 커서 서른 살이 넘었는데도 신랑감 찾기가 힘들었다.

그렇다고 국제결혼을 할 정도의 형편도 아니고 용기도 없다. 해서 자나 깨나 어떻게 하면 작아질 수 있는가 고민했다. 항상 굽이 없는 납작한 신을 신고 어깨를 엉거주춤 앞으로 숙이고 다닌다. 얼굴이나 젖가슴은 성형이 가능한데 장신을 줄이는 수술은 아직 연구를 하지 않아 불가능한 모양이다. 작은 키를 늘려준다는 광고는 보았으나 장신을 줄여준다는 소린 없다. 지금 시대 모두가 장신을 선호해서 그런다지만 장숙의 경우는 죽고 싶을 만큼 고민거리였다.

중고등학교 시절엔 농구선수로 적합하다고 스카우트도 들어와 현장에 나가 보니 운동에는 달란트가 없어 몇 달간 농구장을 뛰어다니다가 그만두었다. 장신에 맞는 남편감

고르기는 참으로 힘들어 날마다 그녀는 열등감에 푹 절어서 고통 중에 살고 있었다.

그런 장숙에게 다정한 목소리가 다가왔다.

"키가 줄기를 그렇게 소원하니?"

"그럼요. 제 장신을 줄여준다면 무슨 짓이라도 하겠어요."

"방법이 있는데 내 말을 듣겠소?"

"장신을 줄여준다면 무슨 요구나 다 듣지요."

그는 정이 뚝뚝 떨어지는 목소리로 소곤거렸다.

"오늘 밤 3시에 문을 두드리는 난쟁이가 있을 거요. 그 사람에게 결혼해 달라고 애걸하면서 매달리시오. 그럼 난쟁이가 싫다고 할 거요. 난쟁이가 한 번 싫다고 할 때마다 5센티가 줄 것이오."

장숙이는 가슴을 졸이면서 초인종 소리에 귀를 기울였다. 진짜로 밤 3시에 초인종이 울렸다. 문을 와락 열고 장숙은 난쟁이를 향해 거침없이 결혼하자고 매달리자 난쟁이는 싫다고 머리를 흔들면서 사라졌고 그녀의 키는 진짜로 5센티가 줄었다. 연속해서 초인종이 울릴 때마다 그렇게 했더니 키가 1백 65센티까지 줄어들었다. 그러자 장숙은 고민했다. 더 줄일까, 그냥 이대로 있을까. 이제는 결혼하자는 말을 그만해야지 하는 순간 다시 초인종이 울렸다. 그러자 장숙은 주위의 아담한 키를 가진 친구들을 떠올리며 한번만 더 줄이면 160센티가 좋겠다는 마음이 들었다.

초인종 소리를 듣고 장숙은 반가워서 문을 왈칵 열면서 소리쳤다.

"저와 결혼해주시겠어요?"

"난쟁이와 정말로 결혼하고 싶어요?"

"그럼요. 결혼할게요."

그러자 난쟁이가 요번에는 아주 격렬하게 머리를 마구 세차게 흔들고 강하게 거부하는 몸짓을 하면서 소릴 질렀다.

"싫어, 싫어, 싫어, 싫어, 싫어."

그러자 장숙의 키가 1백 40센티로 줄어버렸다. 한순간에 난쟁이가 된 셈이다. 갑자기 시장기를 느끼게 되자 그녀는 음식점을 찾아 번잡한 중심가로 나갔다. 난쟁이 몸이 인파에 폭 묻히는 바람에 장숙은 사람들의 등짝이나 궁둥이가 앞을 가려 숨쉬기도 답답하고 둘러보니 사방이 막혀 앞이 보이질 않았다. 밑을 보니 다리, 다리, 다리의 숲이었다. 게다가 키만 줄어들었으니 머리통과 발이 큰 난쟁이는 균형이 맞지를 않아서 자신이 보기에도 꼴불견이었다. 사람들 앞에 나서기 흉한 괴물로 변신한 셈이다.

그러자 장숙은 몸부림치면서 통곡했다.

"차라리 옛날 본모습이 더 좋아. 키다리가 좋단 말이야. 장신으로 돌아가고 싶어."

온몸이 흠뻑 젖도록 울다가 눈을 번쩍 떴다. 꿈이었다. 거울 앞에 섰다. 난쟁이가 아닌 키다리였다. 너무 기뻐서 장숙은 자신의 소중한 몸을 어루만지고 손뼉을 치면서 환호성을 내질렀다.

"내 모습 이대로가 좋아. 이렇게 큰 것이 축복이야."

이건숙

한국일보 신춘문예 당선, 서울대학교 독어과 졸업,미국 빌라노바 대학원 도서관학 석사, 단편집:『팔월병』외 7권, 장편 『사람의 딸』외 9권, 들소리문학상, 창조문예 문학상, 현):크리스천문학나무(계간 문예지) 주간

흐르는 인생

박 하

흐르는 것은 아름답다.

흐르는 것은 강물인 줄 알았더니 세월이 저 먼저 흘러가고 있다.

아버지 품에 안겨 기차를 처음 보며 고사리 같은 손 흔들던 다섯 살 여자아이가 인생의 가을 뜰에서 찬 서리 맞은 국화꽃을 바라본다.

흐르는 것은 별빛인 줄 알았더니 꿈이 흘러가고 있다.

어느 날 거울을 보니 단발머리 발랄한 소녀는 온데간데 없고 무청 시래기처럼 새들새들한 낯선 여인을 본다.

흐르는 것은 달빛인 줄 알았더니 사랑이 흘러가고 있다. 경산 남매지에서 "그대의 장밋빛 두 뺨이 고와서 입맞춤해주고 싶다."라던 Y 대학생의 애정 고백을 다시 한 번 듣고 싶다.

흐르는 것은 구름인 줄 알았더니 추억이 흘러가고 있다. 보석 같은 유년시절이 고향의 언덕에서 날 오라고 자꾸만 손짓하며 부른다. 사랑은 사랑하는 이의 영혼 속에 흐르는 강물인 것을……

그 강물이 되돌아올 수 없는 곳으로 흘러간 후에야 그 소중함을 깨닫는다. 가버린 사랑은 뒤돌아보지 않지만, 인생은 왜 되돌아보기를 좋아할까.

태양의 계절이면, 황금색으로 출렁이는 고호(Vincent van Gogh 1853~1890)의 해바라기가 강렬하게 시선을 붙잡고 놓아주지 않는다.

맨발로 춤추던 현대무용 창시자 이사도라 덩컨(Isadora Duncan, 1877~1927)의 춤이 시공을 넘어 시골교회에서 아이들과 유희하는 평범한 교사인 나에게도 춤의 넋이 흐른다.

음악은 바다처럼 영원한 것. 음악의 여신은 바다의 거센 파도까지 잠재운다.

베토벤의 교향곡 제3번 '영웅'이 좋을 때도 있고 어떤 날은 제5번 '운명'이 좋을 때도 있다. 세계명곡, 우리 가곡, 팝송이 좋은가 하면 때로는 유행가 뽕짝 트로트 가요에도 인생의 깊은 맛이 흐른다.

예술은 미(美)의 창작과 표현. 그중에서도 문학의 한 장르인 수필은 진솔한 삶의 고백이기에 잔잔한 감동을 준다. 사춘기 때는 봄날의 하루가 지겨워 세월 좀 빨리 가게 해달라고 신에게 빌었다.

성명여중을 오가며 동산동 '삼송제과점' 앞을 지날 적마다 진열대에 장식해 놓은 빵을 보며 군침을 흘렸다.

'저 빵을 원 없이 실컷 먹으면 세상에서 제일 행복하겠지'라고 속으로 되뇌었는데……, 행복의 파랑새는 한곳에 머물지 않았다.

영국의 낭만주의 시인 워즈워드(William Wordsworth, 1770~1850)처럼 무지개를 보면 기쁨으로 가슴이 뛰놀던 소녀 시절! 그 무지개는 찰나의 기쁨이었고 이내 어디론가 아쉽게 사라졌다.

동촌서 대신동까지 붐비는 콩나물시루 같은 '삼천리버스' 안에서 교회 장로 아들이며 계성고등학생이었던 J가 슬며시 여중생인 내 책가방 속에 김소월 시집을 넣어주었을 때 두 뺨이 복사꽃처럼 붉게 물들었다.

손바닥 크기의 시집, 책이 닳도록 보았기에, 달밤이면 그 시집 한 권을 시냇물 흘러가듯 줄줄 외웠다. 꽃처럼 피어나던 스무 살 처녀 때는 단풍이 곱게 물든 산을 혼자 보기 아까워 누군가 미래의 임과 함께 보고 싶었다.

가수 권혜경의 '호반의 벤치' -

내 님은 누구일까 어디 계실까…
노래를 매화꽃 수놓은 옥양목 베갯머리에서 부르며 미

래의 임을 상상하는 시간이 즐거웠다.

삼십 대에는 거울 속에서 주름 하나 없이 탱탱한 이마를 보며 스스로 나르시시즘(narcissism)에 빠졌다. 어쩌다 길에서 이마에 굵게 밭고랑 진 사람을 만나면, '저 사람은 인상을 찌푸려서 주름이 생겼을 거야'라고 오해했다.

시장에서 콩나물을 덤으로 얹어주면 새댁의 입이 벌어지듯이, 내 푸른 시절에 내 나이에 거짓 나이를 서너 살 덤으로 올려 마을 유지들이라고 뽐내는 중년 여자들 틈에 끼어서 괜히 점잖은 척 어른스러워지고 싶어 했던 우매한 시절도 있었다.

'눈먼 새도 돌아보지 않는다'는 사십 대만 해도 등 푸른 고등어처럼 팔팔하여 푸른 바다를 동경하고 앞산의 진달래꽃처럼 화사했는데……. 눈 깜짝할 사이에 푸르른 젊음은 어디론가 사라졌다.

인생을 백 년 산다고 해도 그 반을 훌쩍 지나고 보니, 인사치레로 젊어 보인다는 말을 해주는 사람에겐 그 말이 고마워 따뜻한 밥을 사주고 싶다.

벌써 인생의 늦가을이다. 하지만 '늦었다고 생각할 때가 가장 빠른 때'이기에 촌음을 아끼며 뜻있게 사용하려 한다.

독일의 시인이며 극작가인 실러는(Schiller 1759-1805)

시간의 걸음은 세 가지인데. '미래는 머뭇거리며 오고, 현재는 화살처럼 날아가고, 과거는 영원히 그 자리에 정지해 있다'라고 했다. 공감한다.

세월은 강물, 구름, 달빛, 별빛…의 자연을 벗하며 음악, 미술, 무용, 문학이라는 예술과 더불어 우리 인생의 영혼을 살찌우며 흐르고 있다.

흐르는 인생으로!

박하

「한국크리스천문학」 수필, 「수필과 비평」 등단, 수필집 『파랑새가 있는 동촌 금호강』 「퓨전밥상」 「초록웃음」 외 다수, 국제펜한국본부, 한국수필학회 회원, 농민문학작가 우수상, 대구 침산제일교회권사

아버지와 한가위

이상열

오곡이 풍성한 추석 명절 한가위를 앞에 두고 돌아가신 부모님 생각에 눈을 감아본다. 부모님께서 살아 계셨을 때에는 늘 사랑방이 손님들로 북적거렸다. 갓 시집온 집사람은 손님상 차리느라 종종걸음을 쳐야 했고 고운 손에는 물마를 날이 없었다. 매년 추석 명절 한가위가 되면 맏며느리인 집사람은 며칠 전부터 명절 음식 만들기에 바쁘고 거기다 청소, 손님 접대까지 해야 했다.

사방에 흩어져 살고 있는 형제들이 열심히 살아가다가 오랜만에 명절을 맞아 모이고, 서로 재잘대며 이야기꽃을 피울 생각에 흥분이 되기도 했다. 가족들은 밤늦도록 모여앉아 송편을 빚고 음식을 나눠 먹으며 그동안 못 나누었던 이야기들로 마음껏 웃으며 즐거워했다.

형제들이 짝을 지어 둘러앉아 이야기에 밤새는 줄도 모르고 웃고, 행복해했던 모습에 미소를 지으며 흐뭇해하시던 어머니께서 은근히 다가앉으며 참여하셨다.

"얘들아, 너의 시아버지는……." 하시면서 흉보기에 열을 내시었다.

어머니 익살스런 애기에 식구들은 배꼽을 쥐고 웃던 모습이 선하다. 명절 아침이면 정성껏 준비한 음식을 차려 놓고 조상들을 위해 제사를 드리는데 우리 부부는 형제들과 함께할 수가 없었다. 그 시간에 기독교인인 우리는 옆 방에서 추도 예배를 드리기 때문이었다. 즐겁고 행복해야 할 명절이 그 순간만큼은 그렇지가 못했다. 한 집안의 장남으로 태어나 예수쟁이가 되어 조상을 몰라보는 배은망덕한 불효자라는 것이다.

더구나 며느리는 남편을 꼬드겨서 예수쟁이를 만든 것도 부족해 목사까지 만들어 집안을 망친 여자라고 미워하셨다. 조상을 몰라보는 놈은 자식이 아니라며 서울에 살고 있는 우리 집에는 3년 동안 발걸음을 하지 않으셨다. 야속한 부모님이셨지만 우리 부부는 주님께 기도로 매달렸다.

"하나님 아버지, 우리 육신의 부모님을 용서하시고 하루속히 당신 앞에 회개하고 돌아오게 하옵소서. 저희들 부부가 자식의 도리를 다할 수 있도록 역사하여 주옵소서."

부모님께서는 시간이 갈수록 우리를 더 미워하시고 혹독한 냉대를 하셨다. 그러면 그럴수록 나와 집사람은 자식의 도리와 효도를 하기 위해 노력했다. 아무리 어려워도 주말마다 한번씩은 찾아뵈어 생활비를 드리고 문안 전화로 매일 건강 체크를 하였고, 몸이 불편하실 때는 병원으로 모셨다.

부모님께서는 그러면 그럴수록 미움은 더 심해지시고 어머니는 동네 아낙네들이 모인 자리에서 자식과 며느리 흉보기에 바빴다. 작은며느리가 셋씩이나 있어도 유독 집사람에게만은 혹독하셨다. 많은 식구들의 밥상을 혼자 차리게 하시고 추운 겨울에는 식구들의 빨래를 냇가에 나가 손가락을 호호 불며 해야 했고, 궂은일만을 하게 하셨던 어머니셨다. 그래도 말대꾸 한마디 없이 감당했던 집사람이었다.

저녁이면 부엌에 주저앉아 남몰래 울먹이며 한 손으로는 흐르는 눈물을 소매로 훔치던 아내의 모습을 볼 때 가슴이 미어지는 심정이었다. 왜 그때 아내의 심정을 헤아리지 못하고 아내의 편이 되어 주질 못했나. 지금 생각해 보니 부모님께 효도한다는 명분 아래 남편으로서의 도리를 다하지 못한 내가 한스럽고 부끄럽기 그지없다. 지금부터라도 아내를 위해 잘해야겠다고 마음속 깊이 다짐해 본다. 바람이 있다면 언젠가는 집사람과 나를 불러 놓고 "그동안 너희들에게 너무나 큰 아픔을 주었구나. 이 늙은이를 용서하거라. 내가 워낙 옛날 사람이라 세상눈이 어둡고 세상

돌아가는 것도 모르고 내 고집만 세웠구나. 며늘아가, 그 동안 얼마나 맘고생이 많았는지 잘 안다. 이 늙은이가 죽을죄를 지었구나. 용서하거라. 가난한 집안에 들어와 많은 고통과 어려움을 다 이기고 남편을 목사까지 만든 장한 며느리를 학대만 했구나. 늦기는 했어도 이제부터라도 예수님의 자녀가 될 테니 나를 인도해다오." 하시면서 눈가에 흐르는 눈물을 주름진 손으로 훔치시며 회개할 때가 오게 된다면 그동안 쌓인 한이 눈 녹듯 다 녹아 버릴 것이고, 얼마나 기쁘고 좋을까? 상상해 보았다.

　돌아오는 추석 명절 한가위에 형제들이 함께 모여 앉아 송편을 나눠 먹으며 그동안 못 나누었던 이야기꽃을 피우고 있었다. 자식들의 얘기를 듣고 계시던 아버님께서 "너희들 '한가위 명절과 송편'에 얽힌 얘기를 아느냐" 하시면서 이야기보따리를 풀어 놓으셨다.

　한가위 명절에서 보름기간은 일년 중 가장 둥글고 멋진 보름달이 뜰 때 조상들은 가족끼리 마루에 앉아 송편을 먹으며 낭만적인 달맞이에 각자의 소망을 얘기하며 소원을 빌곤 했었다. 우리가 만들고 먹는 송편을 반달 모양으로 빚는 것은 조상들의 깊은 뜻이 담겨 있는 것이다. 한가위 명절에 송편을 빚고 보름달이 뜰 때 왜 오곡밥을 먹었을까? 여기에 조상들의 사랑과 지혜가 담겨 있는 것을 볼 수 있다.

송편 반쪽은 나를 위해 빚고 반쪽은 어려운 사람들에게 나눠 줘야 한다는 생각을 반영한 것이다. 송편 둘이 합쳐지면 온전한 보름달 모양의 떡이 되듯이 그 반쪽으로 어려운 이웃을 도와 연합하여 하나가 되어 서로 잘살아 보자는 넉넉한 인심과 사랑을 엿볼 수 있는 것이다.

조상들 중 생활이 넉넉한 사람들은 한가위 명절이면 저녁녘에 동네 뒷산에 올라 굴뚝에 연기가 나지 않는 집을 골라서 소리 소문 없이 그 집 문 앞에 쌀가마와 송편과 오곡밥을 두고 가서 명절을 잘 지낼 수 있게 되었다고 한다.

한가위 명절을 궁핍하게 맞는 이웃을 위해 배려한 조상들의 '사랑과 지혜의 철학'이 담겨 있는 것이라고 말씀하시면서 "너희들은 나같이 살지 마라. 난 죄인이구나. 죄인이고말고…… . 아무쪼록 가족을 사랑하고 용서하며 이해하고 이웃을 생각하는 사람이 되길 바란다." 그러시고 나오는 하품을 한손으로 가리며 "이만 자야겠다."며 안방으로 들어가시는 아버님의 뒷모습이 왠지 그렇게 쓸쓸해 보일 수가 없었다.

형제들은 한동안 숙연한 마음으로 아버님의 이야기의 의미를 되새겨 본다. 명절이 되어도 옛날과 같이 동네 사람들이 집을 돌며 인사를 드리고, 음식을 만들고, 송편을 나눠 먹던 일은 찾아보기 힘들다.

보름날 오곡밥을 지어 먹으며 보름을 깨고, 횃불을 태워 하늘을 향해 소원을 빌던 풍속도 이제는 그 어디에도 없고 옛일이 되고 말았다.

세월이 흘러 모든 것이 발전한 과학시대에 살고 있는 우리네 인심은 변해 살림살이는 풍요로워 지고 편리해졌지만 조상들의 사랑과 나눔은 퇴색해 가고 있음을 볼 때 마음이 몹시 아프다.

아버님은 한가위 명절을 보낸 후 얼마 안 계시다 돌아가셨다. 끝내 아버님으로부터 듣고 싶어 했던 말 한마디를 못 들은 채 운명하신 것이 너무나 아쉬웠다. 지난 한가위 명절 때 '한가위 명절과 송편'에 얽힌 이야기와 끝으로 남기신 말씀이 유언같이 남아 다시 생각나는 순간 섬광처럼 떠오른 성경말씀을 음미해 보며 앞으로 살아갈 삶의 여정을 위해 기도의 시간을 가져본다.

이상열

『수필문학』 등단, 저서 『기독교와 예술』외 다수. 수필집 『우리꽃 민들레』 한국문인협회 회원, 바기오 예술신학대학교 총장 역임, 한국문화예술대상, 환경문학상, 현대미술문화상 외, 극단 '생명' 대표/상임 연출, 로빈나문화마을 대표

거인의 어깨!

이주형

어느 남자가 밤늦게 집에 돌아왔는데, 문이 잠겨 있어서 들어갈 수가 없었다. 남자는 집 앞 가로등 밑에서 열쇠를 찾기 시작했다. 열쇠를 찾지 못해 집에 들어가지 못하는 이 남자가 불쌍해 보였던지 지나가던 다른 이웃 사람들도 함께 거들었다. 하지만 아무리 찾아도 열쇠가 보이지 않았다. 이웃 사람 중 하나가 그 남자에게 물었다.

"마지막으로 열쇠를 본 곳이 어딘가요?"

"현관문 근처요."

이웃은 고개를 갸웃거리며 되물었다.

"그런데 왜 여기 가로등까지 나와서 찾고 있는 거죠?"

"여기가 더 밝잖아요!"

사람들은 열쇠를 잃어버린 멍청한 주인 남자의 말에 피식 웃는다. 현관에서 잃어버린 열쇠를 왜 가로등 밑에서 찾는가? 밝게 빛나는 물체가 모두 보석이 아니듯, 가로등 밑이 아무리 밝기로서니 애초부터 없었던 물건이 찾아질 리 없지 않은가?

그러나 한 발 뒤로 물러서서 보면 나 자신도 그 사람과 별반 다르지 않음을 깨닫게 된다. 엉뚱한 곳에서 헤맨 기억이 수없이 많기 때문이다. 열심히 공부를 해야 할 학생 시절, 그리고 직장 생활에서 다른 곳에 정신을 팔고 있었던 적이 얼마나 많았던가. 여학생이 하루 한 시간씩 더 공부하면 남편의 얼굴이 바뀐다고 했다. 물론 공부가 인생의 전부는 아니다. 그러나 인생의 전부도 아닌 공부 하나도 제대로 하지 못했다면 과연 무슨 일인들 제대로 할 수 있겠는가?

같은 시간, 같은 곳을 보아도 누구나 같은 것을 보지는 않는다. 뱀처럼 땅바닥을 기어 다니면 돌덩이나 잡초밖에 보이지 않는다. 먼 곳을 널리 보려면 독수리처럼 높은 하늘을 날지 않으면 안 된다. 사람은 모두 자기만의 창으로 세상을 내다보고 있다. 철학자 아푸후친은 말한다.

'우물 안의 개구리는 하늘의 넓이를 우물의 넓이 이상으로 깨닫지 못한다. 당신의 창문을 활짝 열라. 당신이 지금 느끼고 보고 있는 이상으로 넓고 깊은 세계가 있다는 것을 알아야 한다'고.

우선 본다는 뜻의 의미를 바르게 새겨 보자. 본다는 뜻의 한자는 '볼 관(觀), 바라볼 망(望)' 등도 있으나, 여기서는 직접 본다는 뜻으로 많이 쓰이는 '보일 시(示), 볼 시(視), 볼 견(見)'의 세 글자만 다루기로 한다.

첫 번째의 '보일 시(示)'는 원래 '귀신 기(示)'라고 읽는다. 제사를 지내는 제단이나 제물을 올리기 위한 그릇을 형상화한 상형 문자다. 이 글자가 보인다는 뜻으로 쓰일 경우는 '시(示)'라고 읽는다. 남에게 드러내어 보이는 경우에 쓰이며 시위(示威), 제시(提示), 과시(誇示) 등의 예가 있다.

두 번째의 '볼 시(視)'는 저절로 눈에 보이거나, 보여지는 것을 뜻한다. 시각(視覺), 시선(視線)처럼 보는 사람의 의지가 아니라 그저 눈길이 머물러 보이는 상태를 나타낼 경우에 쓰인다. 시력(視力)이나 시야(視野)도 매 한가지로 눈의 보는 힘과 그 힘이 미치는 범위를 뜻한다.

세 번째의 '볼 견(見)'은 뚜렷한 목적의식을 갖고 본다는 뜻이 담겨 있다. 견학(見學), 견문(見聞)은 의도적으로 몸을 그 쪽으로 향하거나 이동하여 적극적으로 본다는 의미가 포함되어 있다. 불가에서는 오랜 세월의 수행으로 도를 깨치는 것을 견성(見性)이라고 한다.

본다고 하는 사실은 공기의 존재만큼이나 당연하고 단순해 보인다. 본다는 것은 물체의 상이 빛의 매개로 인해 눈의 망막을 자극시켜 일어나는 감각 작용이다. 그러나 본다고 하는 작용이 저절로 이루어지는 것은 아니다. 몇 가지 요소들이 결합되지 않으면 안 된다. 우선 빛이 있

어야 한다. 빛이 없는 깜깜한 밤에는 상대 물체가 있다 해
도 전혀 볼 수가 없고 또한 보이지도 않는다.

다음은 대상 물체가 있어야 한다. 상대 물체가 없다면
아무 것도 볼 수 없다. 우주 공간이나 망망대해에서 바라
보면 별과 물뿐이다. 보이는 대상이 별과 물 이외에는 아
무것도 없기 때문이다. 다음은 눈(안구, 眼球)이 있어야 한
다. 빛과 물체가 있다 할지라도 눈이 없다면 아무 것도 보
이지 않는다. 눈은 물체를 보이게 하는 매개체인 셈이다.
다음 요소는 의식(意識)이다.

어떤 생각이나 일에 골몰하고 있으면 눈앞에서 어른거
리는 물체나 사람을 알아보지 못하고 지나친다. 보려고
하는 의식이 없기 때문이다.

마지막으로 좀 더 전문적인 연구를 하는 사람들은 의
식 뒤에 혼(魂, 영혼)이 있어 식(識, 意識)을 조절한다고 주
장한다(唯識學). 그러나 이는 전문적이고 종교적인 영적 이
야기가 되므로 여기서는 그런 논의가 있다는 것만 비쳐두
고 넘어가기로 한다.

지금 우리가 사는 세상은 정보화 사회다. 컴퓨터의 인
터넷에 접속하여 자판만 두드리면 그 어떤 정보도 쉽게 접
할 수 있다. 정보의 홍수 속에서 과연 인간의 예지는 나아
진 것일까? 아니다. 물이 지천으로 넘쳐흐르는 장마철에

는 오히려 식수를 구하기 어려운 것처럼, 우리는 옥석을 구분하기 어려운 혼돈의 시대에 살고 있다.

이웃 일본에는 2006년 '문자, 활자문화 추진기구'라는 단체가 설립됐다. 이 단체의 초대 회장 '후쿠하라 요시하루'는 이렇게 말했다.

"글 읽는 노력이 없는 집단에 진보나 발전은 없다. 인터넷 시대에는 오히려 신뢰할 만한 정보를 분간하기 어렵기 때문이다."

영국 브라이튼 대 언론학과 타라 브라바즌 교수도 '요즘 대학은 구글대학'이라고 경고했다. 너무나 많은 대학생들이 인터넷 검색사이트인 구글에 의존하기 때문이다.

타라 교수는 인터넷 사이트를 통해 얻는 얕은 지식에 의존하지 말고, 독서를 통해 비판적 사고를 키우라고 촉구하며 주장한다.

"멍청해지지 않으려면 구글과 위키피디아를 사용하지 말라."

뉴턴은 이런 말을 남겼다.

"내가 남들보다 더 넓은 시야를 가지고 멀리 볼 수 있었던 건, 거인의 어깨 위에 올라서 있었기 때문이다."

여기서 뉴턴이 말한 '거인'이란 자신보다 먼저 이 세상을 살면서 위대한 업적을 남긴 철학자들과 과학자들을 뜻한다.

거인의 어깨 위에 올라서는 일은 독서를 하는 길뿐이다. 그러니 부모들은 자녀에게 독서를 권하기에 앞서 스스로 책을 가까이하고, 책 읽는 모습을 보여 주는 일이 보다 중요하다.

오랜 세월 바쁘다고, 시간이 없다고 미루기만 했던 숙제를 서둘러 이루었으면 하는 바람이다.

이주형

서울농대 졸업, 연세대학원 수료, 한국문협 회원, 한국예총 고양지부부회장, 수필집 「거북이 인생」, 「진·간·곡」

생텍쥐페리의 어린왕자 분해와 감상

어른이 되어도 어린 시절의 감수성과
동심은 잃지 말았으면!

조신권

‖ 금언 묶음 ‖

"소중한 것은 눈에 보이지 않는다."

What is essential is invisible to the eye.

"사막이 아름다운 것은 어딘가에 샘이 숨겨져 있기 때문이다."

What makes the desert beautiful is that somewhere it hides a well.

"별이 아름다운 것은 거기에 눈으로 볼 수 없는 한 송이 꽃이 피어 있기 때문이다."

The stars are beautiful, because of a flower that cannot be seen.

"인간들은 이미 길들여진 것만 안다."

One only understands the things that one tames.

"지금 내가 바라보고 있는 것은 껍데기에 불과하다."

What I see here is nothing but a shell.

"마음으로 보아야만 바르게 볼 수 있다."

It is only with the heart that one can see rightly.

위에 든 금언들은 프랑스의 유명한 소설가 앙트아느 드 생텍쥐페리(Antoine de Saint-Exupery, 1900-1944)의 작품, 「어린왕자」(Le Petit Prince＝The Little Prince)에 나오는 아주 쉬우면서도 속내 깊은, 사람의 마음을 여지없이 사로잡는 명구들이다. 「어린왕자」는 총 27개의 이야기로 구성된 동화 범주에 속하는 문학 작품이다. 그러나 내용을 보면 어른에게 더욱 걸맞은 아주 짧은 이야기책이라 할 수 있다. 문장이 간결하고 매력적인 삽화가 여럿 들어 있어서 읽어나가는데 별 무리는 없지만, 자주 나오는 금언과도 같은 난해한 말들이 희한한 매력과 함께 당혹감을 금치 못하게 하기도 한다.

　　어느 날 사하라 사막 한가운데 불시착한 비행사 '나'는 이상한 복장의 어린아이를 만난다. 그 소년은 아주 작은 혹성의 왕자였다. 투정만 부리는 장미꽃을 별에 남겨두고 여행길에 오른 왕자는 여섯 개의 별을 순례하고 지구에 왔다. 여섯 개의 별에는 각기 명령할 줄밖에 모르는 왕(남에게 군림하려고만 드는 어른), 남들이 박수 쳐 주기만을 바라는 허영꾼(허영 속에 사는 어른), 술을 마시는 게 부끄러워 그걸 잊기 위해 술을 마시는 술꾼(허무주의에 빠진 어른), 우주의 5억 개 별이 모두 자기 것이라고 되풀이해 세고 있는 상인(물질만능주의 어른), 1분마다 한 번씩 불을 켜고 끄는 점등인(기계문명에 인간성을 상실한 어른), 아직 자기별도 탐사해 보지 못한 지리학자(이론만 알고 행동이 결여된 어른) 등이 살고 있다.

어린왕자는 우연히 아름다운 장미가 가득 피어 있는 정원을 보고 지금까지 단 하나의 장미를 갖고도 부자라고 생각했던 자신이 초라해져서 그만 풀밭에 엎드려 울고 만다. 그러다가 어린왕자는 부지중에 나타난 타락한 현대인들 중에서는 그래도 지혜로운 사람을 상징하는 도인(道人)에 가까운 한 마리의 여우를 만나게 된다. 너무 쓸쓸한 탓으로 친구가 되자고 제의했으나, 그 여우는 길이 들지 않아서 친구가 될 수 없다고 했다. '길들인다'는 것이 어떻게 하는 것이냐고 묻자, 그것은 '관계를 맺는 것'을 뜻한다고 말하며 이렇게 설명해 준다.

"지금 내가 보기에 당신은 아직 수많은 다른 소년들과 별로 다를 게 없는 어린 소년에 불과하지요. 그래서 나는 당신이 없어도 괜찮아요. 당신 또한 내가 없어도 괜찮구요. 당신이 보기에 나는 수많은 여우와 다를 게 없으니까요. 그러나 만일 당신이 나를 길들인다면 우리는 서로 필요하게 돼요. 당신은 나에게 있어 이 세상에서 단 하나의 유일한 존재가 될 것이고, 당신에게 있어 나 역시 이 세상에서 유일한 존재가 될 겁니다. 나는 닭을 사냥하고, 인간들은 나를 사냥하지요. 모든 닭들이 비슷하고 또 사람들도 모두가 비슷해요. 그래서 나는 좀 지루해요. 그러나 당신이 나를 길들인다면 나의 생활은 태양이 빛나는 것처럼 밝아질 거예요. 다른 사람들의 발자국소리와 다를 당신의 발자국소리를 알게 될 거예요. 다른 사람의 발자국소리를 들으면 급히 땅굴로 들어가 버리지만, 당신의 발자국소리를 들으면 음악이라도 듣듯이 굴에서 뛰어 나올 거예요. 그리고 저길 봐요. 저기 푸른 밀밭이 보이지요? 나는 빵을 먹지 않아요. 밀은 나에게 소용이 없어요. 밀밭은 나에게 생각나게 하는 게 아무것도 없어요. 그건 슬픈 일이지요. 그러나 당신의 머리칼은 금발이군요. 당신이 나를 길들여 주면 당신의 금발머리칼은 더욱 아름답게 보일 거예요! 황금빛 밀을 보면 당신 생각이 나겠지요. 그러면 밀밭을 일렁이고 지나가는 바람소리조차도 사랑스러울 거예요. 제발 나를 길들여 줘요. 인간들은 이미 길들여진 것만 알아요. 그들은 무엇을 알 시간이 없어요. 그들이 상점에서 사는 모든 것은 기성품이죠. 그러나 우정을 파는 상점은 없으니 인간들은 친구가 없어요. 당신이 친구가 필요하다면 나를 길들여 가져요."

이렇게 말하고 나서 여우는 어린왕자에게 만일 자기를 친구로 사귀고 싶다면 자기를 길들이라고 일러준다. 그래서 어린왕자는 여우를 길들이기 시작한다. 그러나 여우는 말이란 오해의 원천이 되니까 아무 말도 하지 말고 매일같이 자기를 그저 보러 오라고만 당부한다. 여우는 말이 앞서는 우정보다는 마음과 마음이 가까이 다가갈 수 있는 우정의 방식을 택했던 것이다. 그러니까 '길들여진다'는 것은 서로가 서로에게 독특한 의미를 지닌 존재로 다시 태어나는 것이다. 여기서 태어난다고 하는 것은 보이는 어떤 관계로가 아니라 보이지 않는 사랑의 관계로 변하는 것을 뜻한다.

이런 과정을 통하여 '길들인다'고 하는 것에 대한 소중함을 깨달아 알게 된 어린왕자는 정원에 핀 그 수많은 꽃들이 자기가 소혹성에 남겨두고 온 장미와는 조금도 닮지 않았으며, 자기에게는 아무런 가치도 없다는 것을 느끼게 된다. 내가 길들였기 때문에, 그래서 나의 것이기 때문에 그가 세상에 오직 한 사람처럼 여겨지는 것이고, 그를 위하여 마음을 쏟는 귀중한 시간들 때문에 그가 더없이 소중한 사람으로 생각되고, 그래서 사람들은 그 숱한 사람들 속에서 한 사람을 택하게 되는 것이다.

사막에서 비행기 고장을 수리하기 시작한 지 여드레째 되는 날이다. '나'라는 내레이터는 물을 마지막 한 방울까지 다 마시면서 장사꾼의 이야기를 끝까지 들었다. 그러고 나서 "나도 우물이 있는 데로 찾아갈 수 있으면 좋겠구나"하고 말하자, 어린왕자는 여우에게서 들었던 "사막이 아름다운 것은 그것이 어딘가에 샘이 숨겨져 있기 때문이에요"라는 말을 '나'에게 들려주었고 '나'라는 내레이터는 이런 말로 화답했다.

"맞아. 집이나 별이나 사막이나, 그들을 아름답게 하고 있는 것은 눈에 보이지 않는 거야."

"지금 내가 바라보고 있는 것은 껍데기에 불과하지. 가장 소중한 것은 보이지 않아."

'나'라는 내레이터와 어린왕자는 목마름을 해결하기 위하여 사막으로 걸어 나갔다. 사실상 어린왕자는 '배고픔도 갈증도 없고, 햇빛만 조금 있으면 되는' 존재였지만, '물은 마음에도 좋을 수가 있다'고 생각해서 '나'와 함께 샘물을 찾아 나서는 것이다. 그 결과 그들은 샘물을 찾아내게 되고 '나'라는 내레이터가 두레박으로 물을 퍼서 올렸다. 입에다가 대주는 두레박의 물을 어린왕자는 눈을 감은 채 꿀꺽꿀꺽 마셨다. 그것을 보면서 '나'라는 내레이터는 이렇게 말하였다.

"그 물은 축제날의 음식처럼 맛이 있었다. 이 물은 참으로 보통 음식과는 달랐다. 이 물이 맛있는 것은 별빛아래 밤길을 걸었고, 도르래의 노랫소리를 들으며 내 두 팔로 퍼 올린 물이기 때문이었다. 이 물은 선물처럼 마음을 흐뭇하게 해주었다. 내가 아주 어렸을 때, 크리스마스의 불빛, 자정미사의 성가소리, 다정하게 미소 짓는 얼굴, 내가 받던 선물 같았다."

　세상은 샘물이 없는 사막과 같다. 그러나 사막이 아름다운 것은 그 어딘가에 샘물이 있기 때문이다. 그 샘물은 그 무엇으로도 찾을 수가 없다. 참 지혜와 사랑을 자기의 벗으로 삼을 줄 아는 어린왕자 곧 순수한 동심으로 돌아갈 때만 가능하다. 물을 마시고 나서 축제날의 음식처럼 맛이 있다고 한 것을 보면 마음과 영혼의 갈증이 해소되었다는 것을 알 수 있다는 비밀을 알게 되는 것이다.

　배움과 소통을 통하여 어린 아이들은 금세 진의를 파악할 수 있다. 이것이 어른들과의 차이점이라 할 수 있다. 그리고 여우를 통해 길들이고 길들여지는 사랑의 관계도 깨달아 알게 되는 것이다. 이런 사실을 깨달았을 때에 어린왕자는 자신의 고향 소혹성에서 길렀던 그 장미꽃이 지구에 있는 똑같은 모양의 5천 송이의 장미꽃과 다른 유일한 꽃이라는 것을 마침내 알았다. 어린왕자는 자기가 마음을 쏟아 '길들인' 장미의 소중함을 깨닫고 다시 자기 별로 돌아간다. 왕자가 작별 인사를 할 때 여우는 선물로 비밀을 하나 더 가르쳐 준다.

　"내 비밀은 별게 아니에요. 마음으로 보아야만 바르게 볼 수 있다는 거예요. 매우 중요한 건 눈에 보이지 않는다는 거지요. 당신이 그 꽃에 바친 시간 때문에 그토록 소중하게 여기는 것이에요. 인간들은 이러한 진리를 잊고 있지요. 그러나 당신은 그걸 잊어서는 안돼요. 당신은 당신이 길들인 것에 대해 끝까지 책임을 져야 하는 거예요. 당신의 장미에도 당신은 책임이 있어요."

이렇게 어린왕자는 여우를 통해 오로지 마음으로 보아야만 사물이 바로 보인다는 것을 알게 되었다. 또한 '가장 소중한 것은 눈에 보이지 않는다'는 것과 '길들인 것'에 대해서는 언제까지나 책임이 있다는 것도 알게 되었다.

여기까지 어른들이 '모자'라고 보아온 '웬 모자 같은 그림'을 어린왕자는 보고 그것을 모자로 보지 않고 '코끼리를 삼킨 보아 뱀'으로 알아볼 수 있었던 것은, 바로 어린왕자가 마음으로 그것을 보았기 때문이다. 이처럼 어린왕자는 '나'라는 내레이터가 만났던 사람들과는 다른 눈, 즉 '진실과 진리를 보는 눈', 곧 마음의 눈을 가지고 사물을 보았던 것이다. 이것이 어린 아이들이 갖고 있는 순수함과 동심이라 할 수 있다.

우리는 무조건 '보이는 것'과 '보임'을 중시하는 이 세상에 살아가고 있다. 이런 세상에 살아남기 위해서는 보이지 않는 것이나 나에게 이로운 것이 아니면 우리는 무관심하고 속된 말로 신경을 끄고 살아가는 이기주의에 절여져 있다. 그러나 소중한 것은 눈에 보이지 않는 것이다. "사막이 아름다운 것은 어딘가에 오아시스가 숨겨져 있기 때문이죠." 그런데 사람들은 이런 진리를 잊고 살아가고 있다. 이미 만들어진 것이나 보이는 것만을 중시하기 때문에 사랑이나 우정 또는 진리나 진실과 같은 소중한 것에 무관심한 경우가 너무나 많다.

작은 별을 떠나 많은 다른 별들을 거치고 많은 만남을 이루면서 살아오면서도 어린왕자는 사실상 자신에게 가장 소중하고 중요한 것이 무엇인지를 잘 알지 못하였었다. 그러다가 지혜로운 여우와의 만남을 통해서 가장 중요한 것은 바로 마음을 통해 보아야 된다는 것을 알게 된다.

어른들은 사랑도 대개는 소유의 관계로 보지만 어린왕자와 같은 순수한 눈을 가지고 있는 사람들은 서로 사랑하고 사랑받는 인격적인 존재의 관계로 보는 것이다. 소중한 것을 소중한 것으로 알고 그것에 사랑의 진심을 쏟으면 서로가 길들여져서 유일한 존재가 되고 하찮은 것까지도 의미를 갖게 되는 것이다. 사랑하는 사람의 발자국 소리나 머리칼의 색깔까지도 의미를 갖게 되고 삶의 의미와 가치가 변화하게 된다. 타락한 사람들은 길들여진 것에 대해서는 그다지 소중하다고 생각을 하지 않기 때문에 소홀해지고 배신을 일삼기 일쑤다.

어린 왕자가 네 번째로 찾은 별은 사업가의 별이다. 사업가는 왕자가 인사를 해도 듣는 둥 마는 둥 계산만 열중하고 있다. '3에 2를 더하면 5, 5에 7를 더하면 12…….' 담뱃불이 꺼진다고 왕자가 주의를 주자 담뱃불에 신경을 쓸 시간이 없다면서 더하기를 계속할 뿐이다. 그렇게 계속해 보니 이제 5억 162만 2731이 됐다는 것이다. 그래서 어린 왕자는 물었다. "뭣이 5억이나 된다는 것인가요?" 왕자가 이렇게 다시 묻자 "이따금 하늘에 보이는 저 작은 것들이다." "별?" "아니, 금빛을 하고 게으름뱅이들에게 제멋대로 꿈을 꾸게 만드는 작은 것들 말이다. 그러나 나는 중요한 일을 하고 있기 때문에 그따위 쓸모없는 꿈 따위를 꿀 틈이 없단다." "아아, 별 얘기군요. 하지만 5억이나 되는 별을 어떻게 하겠다는 겁니까?" "뭘 하긴, 그저 갖고 있을 뿐이지." "별을 그렇게 많이 가져서 무슨 소용이 있나요?" "부자가 되는 데 도움이 된다." "부자가 되면 무슨 소용이 있나요?" "다른 사람이 별을 발견했을 때 그것을 살 수 있지 않겠느냐." "그렇지만 그 많은 별을 어떻게 하겠다는 겁니까?" "관리를 하는 거지. 내가 가지고 있는 별의 숫자를 작은 종이 위에 적고 그것을 은행의 비밀금고 속에 넣어둔다." 지구 위의 사람들은 이와 같이 보이는 것에 집착해서 아귀다툼을 한다는 것이다. 어린 왕자가 만난 여우는 이런 보이는 것들에 대한 집착 때문에 사람들은 서로 길들여지지 않으며 그래서 사랑의 관계가 이루어지질 않는다고 가르쳐준다.

그것은 첫사랑의 순수성을 잃어버렸기 때문이다. 믿고 사랑의 관계를 열었으면 인내할 줄도 알아야 하고 책임질

줄도 알아야만 한다는 것이 이 작품의 핵심 테마라 할 수 있다. 어린왕자는 그런 진리를 깨닫고 자기의 별로 돌아가는 것이다. 자기의 별로 돌아가기 전에 그는 이런 말을 한다.

"지구 사람들은 한 뜰 안에서 장미꽃을 5000개나 만들고 있지만, 자기네들이 갖고 싶어하는 것이 무엇인지를 모르고 있다. 찾고 있는 게 단 한 송이 장미꽃 속에도, 한 모금의 물에도 있는데, 하지만 눈으로는 아무것도 보이지 않는단다. 마음으로 찾지 않으면……."

어린왕자에게는 어린아이다운 순수한 감수성과 마음이 남아 있었다. 눈에 보이는 것들에만 마음이 팔리면 나머지 눈에 보이지 않는 가장 중요한 것이 뭣인지를 잊게 되는 것이다.

이 「어린 왕자」의 작가 생텍쥐페리 자신이 1935년에 리비아 사막에 불시착하여 5일 동안 생사의 지경에서 헤맨 일이 있었다. 이 겪은 모진 시련과 고통의 체험이 이 작품을 낳는 생산력이 되었다고 본다. 다시 말하면, 현대의 정신적인 좌절, 절망 상황에서 어떻게 구원될 수 있는가 하는 것이 이 작품의 주요 테마를 이루고 있다는 말이다.

그 구원은 이 작품의 마지막 대목에서 볼 수 있는 우물의 발견으로 상징되고 있는데, 이 우물을 발견하는 길을 안내한 것은 바로 어린왕자인 점이 중요한 뜻을 가진다. 즉 어린왕자는 예수 그리스도가 말씀하신 구원의 조건이 되는 동심의 본질을 형상화한 것이라고 볼 수 있다. 우리 기성세대들은 어린아이의 마음 곧 주님의 마음을 회복할 때까지는 영원히 목마르지 않는 우물을 찾아낼 수가 없다.

어린왕자가 그가 여행 중에 별들의 세계에서 만났던 어른들 곧 전제적인 왕, 위선 속에 살아가는 허영장이, 허무주의에 빠져 있는 술꾼들, 돈을 제일로 아는 장사꾼들, 기계 문명에 인간성을 잊어버린 점등인(點燈人), 이론만 번지르르 할 뿐, 행동은 없는 지리학자에 대한 철저한 실망과 불신감을 나타내는 것도 이 때문이다. 그래도 기대할 수 있는 것은 잃었던 관계를 회복하는 것이다. 그것은 어린왕자와 지혜를 표상하는 여우와의 대화에서 찾을 수 있다. "당신이 나를 길들이면 우리는 서로 아쉬워하게 될 거요. 나에게는 당신이 세상에 하나밖에 없는 사람 될 것이오."

또한 어린왕자가 장미들에게 한 말에서도 그 소중하고 아름다운 관계의 의미를 찾아볼 수 있다.

"너희들은 아름다워. 하지만 너희들은 비어 있어. 아무도 너희들을 위해 죽을 수는 없을 테니까. 물론 나의 꽃인 내 장미도 멋모르는 행인은 너희들과 비슷하다고 생각할 거야. 하지만 내겐 그 꽃 하나만으로도 너희들 전부보다 더 소중해. 내가 물을 준 것은 그 꽃이기 때문이야. 내가 유리덮개를 씌워준 건 그 꽃이기 때문이야. 내가 바람막이로 바람을 막아준 건 그 꽃이기 때문이야. 내가 벌레를 잡아준 건 그 꽃이기 때문이야. 내가 불평을 들어주고, 허풍을 들어주고, 때로는 심지어 침묵까지 들어준 내 꽃이기 때문이야. 나의 장미이기 때문이야."

남을 이해하고 사랑하기 위해서는 얼마나 많은 참을성 있는 노력, 긴 시간이 필요한지 모른다. 사랑은 생활을 환하게 밝혀주고, 심심함을 살지게 해주며, 아무 의미도 없던 밀밭까지를 사랑하게 해준다. 어린왕자는 다른 별들에서 사는 사람들이 살아가는 방식의 야릇함과 알약을 먹어 갈증을 없애 버리는 어리석음, 목적 없이 달려가는 사람들의 허망함을 느낄 줄 알고 있었다. 그는 일상에 안주하거나 기계적인 삶을 살아가는 것을 용납하질 않았다.

현실적인 것밖에 알지 못하는 어른들이나 굳어버린 상상력과 보이는 것에만 집착하는 어른들은 어린 아이들이 인형을 소중하다고 생각하는 것과 같은 아름다움을 알 수가 없다. 어른이 되어도 이런 어린 시절의 감수성과 어린아이의 신성한 상상력 및 동심의 순수함을 잃지 않았으면 좋겠다.

조신권

「새시대문학」 평론 등단, 저서 『존 밀턴의 문학과 사상』 외 다수. 미국 예일대학교 객원교수, 연세대학교 영어영문학과 명예교수, 총신대학교 초빙교수, 한국밀턴학회 회장 역임

한국은 보석 같은 나라

한국인은 원래 선한 품성을 가진 백의민족(白衣民族)이었다. 우리 조상들은 작은 벌레의 생명조차도 가볍게 여기지 않았다. 뜨거운 개숫물을 마당에 버릴 때에는 이렇게 외쳤다.

"워이, 워이!"

물이 뜨거워 벌레들이 다칠 수 있으니 어서 피하라고 소리친 것이다.

봄에 먼 길을 떠날 때에는 오합혜(五合鞋)와 십합혜(十合鞋), 두 종류의 짚신을 봇짐에 지고 다녔다. 십합혜는 씨줄 열 개로 촘촘하게 짠 짚신이고 오합혜는 다섯 개의 씨줄로 엉성하게 짠 짚신을 가리킨다.

행인들은 마을길을 걸을 땐 십합혜를 신고 걷다 산길이 나오면 오합혜로 바꾸어 신곤 했다. 벌레가 알을 까고 나오는 봄철에 벌레들이 깔려 죽지 않도록 듬성듬성 엮은 짚신을 신은 것이다. 오합혜는 십합혜보다 신발의 수명이 짧았으나 그 만큼 벌레의 수명은 늘어났다.

농부들은 동물의 끼니까지 살뜰히 챙겼다. 콩을 심을

때엔 세 알씩 심었다. 한 알은 땅 속에 있는 벌레의 몫으로, 또 하나는 새와 짐승의 몫으로, 마지막 하나는 사람의 몫으로 생각했다. 감나무 꼭대기에 '까치밥'을 남겨놓고, 들녘에서 음식을 먹을 때에도 '고수레'하면서 풀벌레들에게 음식을 던져주었다. 이러한 미덕(美德)은 우리의 식문화에도 그대로 배어났다.

여인들은 3덕(三德)이라고 해서 식구 수에 세 명의 몫을 더해 밥을 짓는 것을 부덕(婦德)으로 여겼다. 걸인이나 가난한 이웃이 먹을 수 있도록 하려는 것이었다.

미국 여류소설가 펄 벅은 장편소설 「살아 있는 갈대」에서 한국을 '고상한 사람들이 사는 보석 같은 나라'라고 표현했다. 그녀의 극찬은 한국에서 겪었던 특별한 체험 때문이었다.

1960년 펄 벅이 소설을 구상하기 위해 한국을 찾았다. 여사는 늦가을에 군용 지프를 개조한 차를 타고 경주를 향해 달렸다. 노랗게 물든 들판에선 농부들이 추수하느라 바쁜 일손을 놀리고 있었다. 차가 경주 안강 부근을 지날 무렵, 볏가리를 가득 실은 소달구지가 보였다. 그 옆에는 지게에 볏짐을 짊어진 농부가 소와 함께 걸어가고 있었다. 여사는 차에서 내려 신기한 장면을 카메라에 담았다.

여사가 길을 안내하는 통역에게 물었다.

"아니, 저 농부는 왜 힘들게 볏단을 지고 갑니까? 달구지에 싣고 가면 되잖아요?"

"소가 너무 힘들까 봐 농부가 짐을 나누어 지는 것입니다. 우리나라에서 흔히 볼 수 있는 풍경이지요."

여사는 그때의 충격을 글로 옮겼다.

"이제 한국의 나머지 다른 것은 더 보지 않아도 알겠다. 볏가리 짐을 지고 가는 저 농부의 마음이 바로 한국인의 마음이자, 오늘 인류가 되찾아야 할 인간의 원초적인 마음이다. 내 조국, 내 고향, 미국의 농부라면 저렇게 힘들게 짐을 나누어 지지 않고, 온 가족이 달구지 위에 올라타고 채찍질하면서 노래를 부르며 갔을 것이다. 그런데 한국 농부는 짐승과도 짐을 나누어 지고 한 식구처럼 살아가지 않는가."

구한말 개화기에 한 선교사가 자동차를 몰고 시골길을 가고 있었다. 그는 커다란 짐을 머리에 이고 가는 할머니를 보고 차에 태워드렸다. 저절로 바퀴가 굴러가는 신기한 집에 올라탄 할머니는 눈이 휘둥그레졌다. 뒷자리에 앉은 할머니는 짐을 머리에 계속 이고 있었다.

"할머니, 이제 그만 내려놓으시지요."

선교사의 말에 할머니는 순박한 웃음을 지으며.

"아이고, 늙은이를 태워준 것만도 고마운데, 어떻게 염치없이 짐까지 태워달라고 할 수 있겠어요?"

했다. 차를 얻어 타고서 차마 머리에 인 짐을 내려놓지 못하는 선한 마음이 우리의 모습이었다.

이어령 장관의 부친은 6·25의 피란 때에도 남의 밭을 밟지 않으려고 먼 길을 돌아왔다고 한다. 그 때문에 가족들이 오랫동안 가슴을 졸이며 아버지를 기다려야 했다.

백의민족의 가슴에는 이런 선한 피가 흐른다. 선한 마음은 적장의 전의까지 빼앗아버리는 힘이 있다.

임진왜란이 일어난 1592년 봄 '사야가(沙也加)'라는 스물두 살의 일본 장수가 조선 땅을 침략했다. 가토 기요마사의 우선봉장인 그는 부하들을 이끌고 진격하다 피란을 떠나는 농부 가족을 보았다. 왜군들이 총을 쏘는 와중에도 농부는 늙은 어머니를 등에 업고 아이들과 함께 산길을 오르고 있었다. 젊은 장수는 자기보다 노모의 목숨을 더 중히 여기는 농부의 모습을 보자 심장이 쿵 하고 내려앉았다. 칼날처럼 번뜩이던 살기는 한 백성의 지극한 효심에 순식간에 녹아내리고 말았다.

"도덕을 숭상하는 나라를 어찌 짓밟을 수 있단 말인가!"

왜장 사야가는 그날 뜬 눈으로 밤을 새웠다. 착한 백성들을 죽이는 전쟁은 불의라는 결론을 내렸다. 마침내 사야가는 부하 500여 명과 함께 조선에 투항하기로 결심했다. 승전을 거듭하던 침략군이 '인의(仁義)'를 이유로 힘없는 나라에 집단 망명한 사례는 세계사에 전무후무한 일이다. 조선에 투항한 사야가와 그의 병사들은 자신의 동료인 왜군들을 향해 총을 쏘았다. 그가 바로 김충선이다. 백범 김구가 꿈꾼 나라는 선(善)으로 우뚝 서는 '문화의 나라'였다. 김구는 백범일지에 '내가 원하는 우리나라'의 모습을 이렇게 그렸다.

"나는 우리나라가 세계에서 가장 아름다운 나라가 되기를 원한다. 가장 부강한 나라가 되기를 원하는 것이 아니다. 내가 남의 침략에 가슴이 아팠으니 내 나라가 남을 침략하는 것을 원치 아니한다. 우리의 부력(富力)은 우리의 생활을 풍족히 할 만하고, 우리의 강력(强力)은 남의 침략을 막을 만하면 족하다. 오직 한없이 가지고 싶은 것은 높은 문화의 힘이다. 문화의 힘은 우리 자신을 행복하게 하고 나아가서 남에게 행복을 주기 때문이다."

오늘 우리의 모습은 김구가 사랑한 조국이 맞는가? 적국의 장수까지 무장 해제시킨 선한 나라의 모습인가? 나라의 물질은 유사 이래 가장 부유해졌으나 정신은 더 가난해졌다. 그 사실이 가슴 시리도록 아프다. / 배연국

한국이 세계의 제1인 것들

1. 조선(배 만들기) 세계최초-8천 년전(경남 창녕군 부곡면 출토)

2. 고래잡이 세계 최초-8천 년전(경남 울주군 반구대 암각화)

3. 쌀농사 세계 최초-1만 5천 년전(충북 청원군 출토)

4. 신석기 세계 최초-2만 년전(전남 장흥군 출토)

5. 토기 세계 최초-1만 수천 년전(제주도 고산리 출토)

6. 고인돌 세계 최초-8천 년전(전남 화순군)

7. 빗살무늬토기 세계 최초-8천 년전(강원도 양양군 출토)

등등등, (위 연대는 최소한 그렇다는 것.)

삼한(三韓) 사람들은 8천 년 전에 이미 배를 만들어 타고 다녔다. 세계에서 가장 오래 된 8천 년 전 배가 경남 창녕군에서 발견되었다.(2005년도)

조선(朝鮮)에서 조선(造船: 배만들기)이 생긴 것.

게다가 조선(朝鮮)의 선(鮮)자를 보면 물고기 어(魚)자가 나오는데 물고기는 배가 있어야 대량으로 잡을 수 있는 것. 배 만들기(조선)도 한국이 세계 최초. - 관련 기사세계 최초의 철갑선이라는 거북선이 괜히 한국에서 만들어진 게 아닌 것이다. 한국이 배 만들기 세계 최초인 것이 이상

할 것도 없다. 한국에서는 세계 최초로 이미 8천 년 전에 고래잡이와 목축을 했다고 영국 BBC도 보도했다. (2004 년도)

반구대 암각화 - 영국 BBC "한국이 고래잡이 세계 최초" 〈관련 기사 즉 8천 년 전에 이미 한국인들은 배를 만들어 타고 다녔고 고래잡이까지 할 정도로 그 기술이 뛰어났던 것. 지금 한국이 조선 세계 1위인 것도 다 그 이유가 있다 하겠다. 게다가 한국에서는 1만 5천 년 전에 이미 쌀 농사를 지었다. 물론 세계 최초(중국보다 수천 년 앞선다.)

충북 청원서 발견된 세계에서 가장 오래 된 재배 볍씨들 (약 1만 5천 년 전 것) 이 볍씨들 중에는 '자포니카종'과 '인디카종'이 모두 있어 한국에서 생겨난 재배 볍씨들이 세계로 퍼져나간 사실도 보여주고 있다. (자포니카 - 한국, 북중국, 일본에서 키우는 둥글고 찰진 벼. 인디카 – 동남아, 남중국 등에서 키우는 길고 덜 찰진 벼.)

세계에서 가장 먼저 농사지은 한국(1만 5천 년 전 쌀농사)〈관련글

게다가 2004년 한국에서는 경악스럽게도 2만 년 전 신석기가 발견되었다.(전남 장흥군) 전에도 구석기 유적인 경남 진주 장흥리 집현과 대전 용호동에서 각각 1기씩 마제석기(갈아만든 석기)가 출토되었었는데 그래도 긴가민가 설마설마하다가 이번엔 아예 숫돌까지 발견된 것. 세계최초의 2만 년 전 신석기가 한국에서 발견되었다.

세계 고고학계가 경악한 사건이다.

그전까지는 한 1만 년 전에 중동(아랍)에서 신석기가 최초로 생긴 줄 알았었다.(일본에서 발견된 오래된 신석기는 한국에서 건너간 것.)

그리고 고대한국은 토기도 세계 최초로 생긴 곳(고대한국(환국) : 동시베리아-만주-한반도. 후에 차차 동시베리아와 만주에는 문명의 발전이 끊어지고 한반도가 '고대한국(환국)'의 정통을 이어받게 된다.

제주도 고산리에서 1만 수천 년 전 토기가 발견되었다.(당시 제주도는 섬이 아니라 한반도와 붙어 있었다.) 이는 연해주(시베리아동부)의 1만 5천 년 전 토기와 같은 시대의 것으로 수메르문명보다 무려 1만년 가까이 빠른 세계최초의

것. 고대한국과 한반도 관련 글 정리해 보면,

1. 배만들기(조선) 세계 최초 - 8천년전
2. 고래잡이 세계 최초 - 8천 년 전
3. 쌀농사 세계 최초 - 1만 5천 년 전
4. 신석기 세계 최초 - 2만 년 전
5. 토기 세계 최초 - 1만 수천 년 전

이렇게 정리해 보면 가히 상상을 초월하는 엄청난 일이다. 이를 보니 한국이 지금 배만들기 세계 1위인 것이 이해가 가고 한국이 수십 년간 '세계 기능올림픽 종합우승'을 거의 독차지하는 것도 이해가 가고, 한국 쌀이 가장 맛있는 것이 이해가 가고, 한국인이 가장 쌀농사에 목숨을 거는 것도 이해가 가고, 고려청자 조선백자 등 한국 도자기가 훌륭한 것이 이해가 간다.

원조 즉 오리지널은 무서운 법이므로. 예로부터 한국은 활로도 유명했는데 지금 활쏘기(양궁)대회 세계최강이 한국. 역시 원조는 무섭다. 일본이 김치를 흉내 내서 '기무치'라고 아무리 해 봤자 '김치'의 맛과 질에는 도저히 상대가 안 되는 것처럼 한국이 원조인 것이 또 있다.

한국은 세계고고학계에서 '고인돌의 나라'로 유명하다.(2000년도에 유네스코 세계문화유산으로 지정.) 한반도에는 세계 고인돌의 절반 이상이 있다. 세계에서 가장 오래된 고인돌도 한국에 있다.(8천년전 것 - 전남 화순.) 고인돌은 한반도 남부지방에서 세계최초로 생겨난 것. 전남 화순에는 283t이 넘는 고인돌도 있다.

강화도 고인돌

한강 이남에는 북방식 고인돌은 별로 없다. 한강 이남은 대부분 남방식 고인돌. 남방식 – 석관(돌관)이 땅 밑에 있다. (덮개돌은 땅위에.) 북방식 – 석관(돌관)이 땅 위에 있다. (기둥 사이에.)

장군총 부속 고인돌

장군총에는 4방에 4개의 부속 고인돌이 있다. 최소한 8천 년 전부터 만들어온 한국의 고인돌은 가히 '한국의 상징' 중의 하나가 고인돌이라 할 것이다.

홀로코스트 (4)

곳의 무질서는 큰 게토보다 훨씬 더했다. 그 점으로 미루어 보아 그들은 예기치 못하고 있다가 갑자기 추방당한 것이 분명했다. 나는 아저씨 가족이 살았던 방으로 가보았다. 식탁 위에는 반쯤 먹다 남은 수프 그릇이 그대로 있었으며, 오븐에 넣으려고 준비한 파이도 그대로 방치되어 있었다. 마룻바닥에는 책들이 어지럽게 널려 있었다. 아저씨는 그 책들을 가지고 가려고 했던 것일까?

모두는 그곳에 자리를 잡았다.(그런 곳에 자리를 잡다니!) 나는 땔감을 구하러 밖으로 나갔다. 내가 구해 온 땔감으로 누나들이 불을 피웠다. 어머니는 피로를 무릅쓰고 식구들이 먹을 음식을 준비하기 시작했다.

"모두는 계속 가야 한다. 앞으로도 계속 가야 한다구."

어머니는 이렇게 되풀이 말했다.

화물차에 실려 가는 사람들

사람들의 사기는 그렇게 나쁜 편은 아니었다. 그리하여 모두는 새로운 환경에 어렵지 않게 익숙해지기 시작했다. 사람들은 길거리에서 낙관적인 대화를 나눌 정도까지 되

강제수용소로 가는 철길

었다.

"독일 놈들은 우리까지 추방할 시간적 여유는 없을 거야……. 이미 추방된 사람들에게는 참 유감스러운 일이야. 하지만 이제는 그런 일이 다시는 없을 거야. 아마 놈들은 전쟁이 끝날 때까지 우리를 이 형편없이 누추한 곳에 살도록 내버려 두게 될 거야."

사람들은 이렇게 말했다. 게토에는 보초도 없었다. 누구나 마음대로 들고 날 수 있었다.

옛날 엘리위젤의 점원이었던 마르타가 나타났다. 그녀

는 아주 서럽게 울면서 말했다.

"제가 살고 있는 마을로 가세요. 그곳에 가면 주인님이 안전하게 피할 수 있는 거처를 제공할 수 있어요."

그러나 엘리위젤 아버지는 그녀의 간청을 받아들이려 하지 않았다.

"너희들이나 가고 싶으면 가거라. 나는 여기서 너희 어머니와 아기와 함께 남겠다……."

아버지는 삼남매를 보고 이렇게 말했고 당연히 그들도 부모와 헤어질 수 없었다.

밤이 되었다. 그러나 어느 누구도 기도를 하지 않았다. 그래서 밤은 빨리도 지나갔다. 오직 별들만 세상을 사로 잡는 불빛이었다. 앞으로 어느 날 그 불빛이 죽는다면, 하늘에는 죽은 별들, 죽은 눈들 외에는 아무것도 남아 있지 않으리라.

잠자리로 들어가는 것, 추방당한 사람들이 사용했던 잠자리로 들어가 휴식을 취하고 기운을 회복하는 것 외에는 할 일이 아무것도 없었다.

새벽이 되자 우울했던 감정은 말끔히 가셨다. 마치 휴일을 맞은 듯한 기분을 맛보았다. 사람들은 이렇게 말했다.

"누가 알아? 어쩌면 우리 자신의 이익을 위해서 우리가 추방되고 있는지도 모르니까 말이야. 여기에선 전선이 멀지 않아. 아마 모두는 곧 총소리를 듣게 될 거야. 그렇게 되면 일반시민은 모두 소개(疏開)될 것이고……."

"어쩌면 그들은 우리가 게릴라를 도울까봐 두려워서 이런 짓을 하고 있는지도 모르지……."

"내가 보기에 이 추방사업 전체가 하나의 희극일 것 같아. 웃지 말라구. 정말 그렇다니까. 독일 놈들은 단지 우리가 가진 보석을 빼앗으려는 수작일 거야. 놈들은 우리가 모든 걸 땅에 묻었다는 사실을 알고 우리를 다 쫓아내고 그것을 찾아내려고 눈이 빨갈 거야. 도둑질을 하려면 주인이 휴가중일 때가 쉽지 않겠어……."

휴가중이라니!

아무도 믿지 않는 이러한 낙관적인 이야기는 시간을 보내는 데는 도움이 되었다. 그곳에 살고 있던 며칠간은 평화로운 가운데 이렇게 즐겁게 지나갔다. 사람들은 서로서로 전보다 더 호의적으로 대했다. 이제 부유하고 가난하고, 사회적 지위 가 높고 낮은 문제는 중요하지 않았다. 중요한 것은 아직 모두의 운명이 어떻게 되는지 아무도 모르고 있다는 것과 모두가 똑같은 운명을 선고받은 처지라는 사실이었다.

여자 수용소의 내부

휴일인 토요일이 축출의 날로 선택되었다. 지난밤에는 전통적인 금요일 저녁의 성찬을 들었다. 빵과 포도주에 관습적인 감사기도를 올린 후 말 한 마디 없이 그것들을 모두 먹어치웠다. 엘리위젤 식구도 마지막으로 식탁에 둘러앉았다는 것을 느낄 수 있었다. 그 날 밤은 모두 마음속에 떠오르는 갖가지 생각과 추억 때문에 잠을 이루지 못했다.

새벽이 되어 떠날 준비를 하고 거리에 모였다. 이번에는 헝가리 경찰이 한 사람도 눈에 띄지 않았다. 유대인 평의회와 맺은 합의에 따라, 평의회 자체에서 호송을 맡기로 했던 것이다. 행렬은 마을에서 제일 큰 회당을 향하여 나아갔다. 마을은 텅 빈 것 같았다.

회당은 수화물과 눈물로 혼잡을 이룬 거대한 역과 흡사했다. 제단은 부서지고 휘장들은 찢겨 떨어지고 벽은 벗겨져 있었다. 회당 안은 너무 많은 사람들로 차서 거의 숨을 쉴 수 없을 정도였다. 모두는 거기서 공포의 24시간을 보냈다.

남자들은 1층에, 여자들은 2층에 수용되었다. 그 날은 토요일이어서 마치 예배에 참석하기 위해 거기에 온 것만 같았다. 아무도 밖으로 나갈 수 없었기 때문에 사람들은 한쪽 구석에서 용변을 보기도 했다.

다음날 아침, 모두는 역으로 행진해 갔다. 거기에는 가축을 싣는 화물열차가 기다리고 있었다.

헝가리 경찰이 화물열차에 태웠다. 한 칸에 80명씩 배정했다. 화차마다 빵 몇 덩어리와 물 몇 통이 배당되었다. 그들은 창문이 흔들거리지 않는지를 일일이 점검한 후에 모든 화차를 봉해 버렸다. 각 화차에는 책임자가 한 사람씩 지명되었다. 한 사람이라도 탈출할 경우 그 사람은 총살을 당하게 되어 있었다.

플랫폼에는 게슈타포 장교 두 사람이 미소를 지으며 한가롭게 거닐고 있었다. 모든 일이 치밀하게 계획되었으며, 모든 일이 계획대로 착착 진행되고 있었다.

이윽고 호각 소리가 한 차례 허공을 갈랐다. 열차 바퀴가 움직이기 시작하여 어디로 가는지 알 수 없는 방향으로 달리기 시작했다.

반 미친 여자

너무 많은 사람이 한 칸에 실려 있어서 편하게 드러눕는다는 것은 생각할 수도 없었다. 앉는 것마저도 서로 교대하기로 결정한 다음에야 가능했다. 화차 칸은 공기도 모자랐다. 운 좋게 창문 가까이에 자리를 잡은 사람들은 회전하듯 스쳐 지나가는 시골 풍경과 꽃구경을 할 수 있었다.

이틀째가 되자 모두가 갈증에 시달리기 시작했다. 날씨가 견딜 수 없을 정도로 푹푹 쪘다.

사회의 모든 속박에서 벗어난 젊은이들은 공공연히 본능적으로 굴었다. 그들은 세상에 자기들밖에는 없다는 듯이 다른 사람은 개의치 않고 컴컴한 속에서 여러 사람이 보거나말거나 성행위를 해댔다.

그래도 사람들은 모르는 척했다. 그런 따위가 중요하지 않기 때문이다. 아직 음식물이 조금 남기는 했지만 허기를 때울 정도로 많지는 않았다. 내일을 위해 절약하는 것, 그것이 모두의 규칙이었다. 내일은 더 어려워질지도 모르기 때문이었다.

열차는 체코슬로바키아의 국경지대인 작은 마을 카샤우에서 멈추어 섰다. 그제야 모두는 헝가리 국내에 남지 않게 된다는 것을 알아차렸다. 그래서 모두 눈이 휘둥그레졌다. 그러나 때는 이미 늦었다.

화차 문이 미끄러지듯 열렸다. 독일군 장교가 헝가리인 통역관을 데리고 올라와 자기소개를 했다.

"이 순간부터 여러분은 독일군의 관할지역에 들어왔다. 첫째, 여러분 중에 아직도 금이나 은, 시계를 소지하고 있는 사람은 지금 내놓아야 한다. 만일 나중에 그런 것이 발각될 때는 즉석에서 총살하겠다. 둘째, 환자가 있다면 누구나 병원 칸으로 옮겨도 좋다. 이상!"

헝가리인 통역관이 바구니를 하나 들고 사람들 사이를 지나가면서 가혹한 공포에서 벗어나고자 하는 사람들로부터 마지막 소지품을 거두고 있었다.

"현재 이 화차에는 모두 80명이 타고 있다."

독일군 장교가 다시 덧붙였다.

"만일 그 중에서 한 사람이라도 실종된다면 여러분은 모두 개처럼 총살당하게 될 것이다……."

그들이 사라졌다. 다시 문이 닫혔다. 빠져나갈 길은 완전히 차단된 상태였다. 철저히 밀봉된 가축 싣는 화차 칸이 모두의 세계였다.

화물칸에는 쉐크터라는 부인이 타고 있었다. 그녀는 50세쯤 된 부인으로 한쪽 구석에 웅크리고 있는 열 살 난 아들과 동행하고 있었다. 그녀의 남편과 위로 두 아들 형제는 잘못되어 제일 먼저 호송된 사람들과 함께 추방되었다. 그 생이별 때문에 그녀는 정신이 돈 상태였다.

엘리위젤은 그녀를 잘 알고 있었다.

그녀는 격렬하게 타는 듯한 눈동자와 교양 있고 차분한 성품을 지니고 있었으며 엘리위젤 집에 가끔 놀러 왔었다.

경건했던 그녀의 남편은 밤낮 공부에만 열중했으므로 부인이 가족의 부양을 위해 일을 했다. 그런 그녀 마담 쉐크터는 정신이상자가 되어 있었다.

여행 첫날부터 신음소리를 내기 시작했고 그녀가 무엇 때문에 가족과 헤어져야 하느냐고 이 사람 저 사람에게 계속 되물었다. 시간이 흐름에 따라 그녀의 울부짖음은 히스테리성 발작으로 진전되었다.

3일째 되는 날 밤, 우리가 서로 기대앉거나 선 채로 잠들어 있을 때 갑자기 날카로운 고함소리가 밤의 정적을 깨뜨렸다.

"불이야! 불이 보인다! 불이 보인다!"

사람들은 모두 놀랐다. 고함을 친 사람은 마담 쉐크터였다. 창문을 통해 들어오는 희미한 빛을 받으며 화차의 한 가운데 서 있는 그녀의 모습은 옥수수 밭에서 말라비틀어진 한 그루 줄기와 같았다. 그녀는 팔을 들어 창문 쪽을 가리키며 외쳤다.

"봐요! 저길 봐요! 불! 무서운 불! 오, 저 불불!"

남자 몇 사람이 창문 쪽으로 밀치고 다가가서 바깥을 내다보았다. 그러나 밖에는 칠흑 같은 어둠뿐 보이는 것은 아무것도 없었다.

그녀의 이 소름끼치는 고함소리가 준 충격은 모두에게 한동안 깊이 남아 있어서, 계속 떨어야만 했다. 레일 위를 굴러가는 차바퀴의 신음 같은 소리를 들을 때마다 미지의 깊은 바다가 발아래 펼쳐지는 듯한 느낌을 받곤 했다. 모두 자신의 고뇌를 달랠 힘도 없으면서,

"저 여자는 미친 거야. 불쌍한 여자……."

하고 애써 자위하려고 했다.

누군가 젖은 수건을 그녀의 이마에 얹어주고 진정시키려고 했다. 그래도 그녀는 외마디 비명을 계속 질러댔다.

"불! 불!"

그러나 그녀의 어린 아들이 어머니의 치마에 매달리며 그녀의 두 손을 붙잡아 진정시키려고 기를 쓰면서 울부짖었다.

"그만 됐어, 엄마! 거긴 아무것도 없어. 그만 앉아."

부인의 울부짖음보다도, 어린 아들의 이런 모습이 보는 이의 마음을 훨씬 더 찢어 놓았다.

몇몇 부인들이 그녀를 진정시키려고 애를 썼다.

"진정하세요. 남편과 아이들을 다시 만나게 될 거예요. 며칠만 있으면 말예요."

그래도 그녀는 흐느낌 때문에 한풀 꺾인 채 숨 가빠하며 계속 소리를 질렀다.

"여러분, 내 말을 들어요! 불길이 보여요! 저기에 거대한 불꽃이 있어요! 용광로 같은 불길이!"

그녀는 마치 그녀 자신의 깊은 곳에서 말하는 어떤 악령에게 홀려버린 여자처럼 보였다. 모두는 그녀를 위로하기보다는 자기 자신의 평정을 되찾고 자신의 막혀오는 숨결을 회복하기 위하여, 그녀를 엉뚱하게 해석하기에 더욱 애를 쓰고 있었다.

"저 여자는 갈증으로 목이 타기 때문에 저러는 거야. 불쌍한 여자! 그 때문에 자기를 삼키려는 불길에 대해 계속 지껄이고 있는 거야."

그러나 그렇게 변명을 해도 아무 소용이 없었다. 공포심은 열차의 옆구리를 박차고 뛰쳐나갈 정도였다. 모두의 신경은 파열 직전에 있었으며 몸은 떨고 있었다. 마치 광기가 모두를 사로잡고 있는 것만 같았다. 더 이상 참을 수가 없었다. 젊은이 몇 사람이 강제로 그녀를 앉히고 몸을 묶은 후에 입에 재갈을 물렸다.

다시 조용해졌다. 어린 아들은 어머니의 곁에 앉아 울고 있었다. 다들 다시 정상적으로 숨을 쉬기 시작했다. 밤의 어둠을 뚫으며 달리고 있는 열차의 단조로운 쇠바퀴소리를 들을 수 있었다. 모두는 졸기 시작했고 휴식하기 시작했으며 꿈꾸기 시작했……

그렇게 한 시간, 아니면 두 시간이 지나간 후였다. 그때 또 다른 고함소리가 고른 숨결을 앗아가 버렸다. 예의 부인이 묶인 줄에서 풀려나와 전보다 더 큰 소리로 울부짖었다.

"저기를 보세요! 불꽃, 불꽃, 곳곳에 불꽃 천지예요……"

다시 한 번 젊은이들이 그녀를 꽁꽁 묶고 재갈을 물렸다. 그들은 그녀를 구타하기까지 했다. 어른들도 젊은이들 편이었다.

"조용히 하게 만들라구! 그 여잔 미쳤어! 입을 막아버려! 그 여자 혼자만 이 차에 타고 있는 게 아니란 말야. 그 여자는 입을 다물어야 해……"

젊은이들은 그녀의 머리를 여러 차례 쥐어박았다. 그녀를 죽일지도 모르는 강한 주먹 세례였다. 그 어린 아들은 어머니에게 달라붙은 채 울지도 못했다. 그리고 이제는 눈물도 흘리지 않았다.

끝없는 밤이 지나고 새벽이 다가왔다. 마담 쉐크터는 조용해졌다. 그녀는 한쪽 구석에 웅크리고 앉아 황당한 눈길로 허공을 바삐 더듬고 있었다. 그녀는 더 이상 사람들을 쳐다보지도 못했다.

그녀는 그날 낮에는 종일토록 벙어리처럼 입을 다문 채 명한 표정으로 사람들에게서 격리된 상태로 지냈다. 그러나 밤이 되자마자 그녀의 울부짖음이 다시 시작되었다.

"저기, 저 너머에 불길이 있어요!"

그녀는 허공 한 지점, 언제나 똑같은 한 지점을 가리키고 있었다. 사람들은 그녀를 구타하는 데에도 이젠 지쳐 있었다. 무더위, 갈증, 고약한 악취, 숨 막힐 듯한 공기의 부족이 모든 것들을 갈가리 찢어놓을 듯했다. 그것은 그녀의 비명에 비하면 아무것도 아니었다. 그렇게 며칠만 더 계속되었다면 모두가 그녀처럼 고함을 지르고 미칠 것이다.

그러나 기차는 마침내 어느 역에 도착했다. 차창 곁에 있던 사람들이 그곳의 역 이름을 말했다.

"아우슈비츠!"

그런 이름을 들어본 사람은 아무도 없었다. 열차는 다

시 떠나지 않았다. 오후가 서서히 지나갔다. 이윽고 화차의 문이 미끄러지듯 열렸다. 물을 가져오기 위해 두 사람이 차에서 내려갔다.

그들이 돌아와서 들려준 바에 의하면, 이곳이 종착역이라는 것이었다. 그들은 금시계 한 개를 주고 그런 정보를 입수했다고 했다. 여기에서 내리게 될 것이며, 여기에는 노동자 캠프도 있고 노동조건도 좋다는 것이었다. 더욱이 이제는 가족들이 뿔뿔이 흩어지지 않아도 좋다고 했다. 다만 젊은이들만은 공장으로 가서 일하게 될 것이며, 노인들과 환자들은 들일에 종사하게 될 것이라는 것이었다. 확신에 찬 자신감이 모든 사람의 마음속에서 치솟았다. 지난 며칠 밤의 공포로부터 갑작스레 해방된 듯한 기분을 느꼈다. 모두는 하나님께 감사를 드렸다.

마담 쉐크터는 자신감에 들뜬 사람들에게는 눈길도 주지 않고 풀이 죽은 채 구석자리에서 꼼짝하지도 않았다. 그녀의 어린 아들이 어머니의 손을 어루만지고 있었다. 황혼녘이 되자 화차 안에 어둠이 깔렸다. 모두는 마지막 남은 음식을 먹기 시작했다. 밤 열 시가 되어, 모든 사람이 잠시 눈을 붙이기 위하여 편안한 자리를 찾았다. 얼마 후에는 모두들 잠에 떨어졌다. 그때 돌연 고함소리가 들렸다.

줄무늬 셔츠와 검정 바지 차림의 괴상한 사람들

"불! 용광로! 보세요, 저 너머를……!"

깜짝 놀라 잠에서 깨어난 사람들은 창문 쪽으로 몰려갔다. 순간적으로나마 다시 한 번 그녀의 말을 믿었던 것이다. 그러나 바깥에는 밤의 어둠뿐 아무것도 없었다. 사람들은 마음속으로 부끄러움을 느끼면서 제자리로 돌아갔다. 그러나 한편으로는, 자신감에도 불구하고 일말의 불안감을 떨쳐 버릴 수가 없었다. 그녀가 계속 고함을 질러 대자 젊은이들이 그녀를 다시 두들겨 팼지만 그녀를 조용하게 하기는 참으로 힘든 일이었다.

화차의 책임자가 플랫폼 주위를 거닐고 있는 독일군 장교를 불렀다. 그리고 마담 쉐크터를 병원 칸으로 옮겨갈 수 있는지의 여부를 물었다.

"참고 기다려 보시오. 그 여자는 곧 옮겨지게 될 테니까."

독일군 장교는 간단히 대답했다.

밤 11시, 열차가 움직이기 시작했다. 엘리위젤은 차창 곁으로 바짝 붙었다. 호송열차가 움직이다 말고 15분쯤 후에는 그 속도가 줄었다. 차창을 통해 철조망이 보였다. 그곳이 수용소라는 것을 알 수 있었다.

사람들은 마담 쉐크터라는 존재를 깜박 잊어버리고 있

신입 수용자를 옆, 정면, 빗 등 세 방향에서
사진을 찍어 감시

었는데 갑자기 공포에 찬 고함 소리가 들렸다.

"여러분, 저 길 보세요! 차창을 통해서 봐요! 불꽃! 보세요!"

열차가 멈추었을 때, 이번에는 정말 높은 굴뚝에서 검은 하늘로 뿜어 나오는 불꽃을 볼 수 있었다. 그러나 마담 쉐크터는 침묵을 지키고 있었다. 그녀는 다시 한 번 벙어리가 되어 무관심하고 멍한 표정으로 구석자리로 되돌아가 쭈그리고 앉았다.

사람들은 어둠 속에서 타오르는 불꽃을 지켜보고 있었다. 창틈으로 코를 찌르는 역한 냄새가 파고들었다. 이때 갑자기 화차 칸의 문이 열렸다. 그와 함께 줄무늬 셔츠와 검정 바지 차림의 괴상한 모습을 한 사람들이 안으로 뛰어

들었다. 그들은 전등과 곤봉을 좌충우돌 휘두르며 고함을 질렀다.

"모두 내려! 차 밖으로 나갓! 빨리 빨리!"

모두는 뛰어내렸다. 엘리위젤은 마지막으로 마담 쉐크터를 힐끗 보았다. 어린 그녀의 아들은 여전히 엄마 손을 잡고 있었다.

그들 앞에서는 불꽃이 치솟고 있었다. 그리고 공중에서는 사람 타는 냄새가 가득했다. 짐작컨대 시간은 한밤중쯤 되었음에 틀림없었다.

아우슈비츠의 임시수용소인 비르케나우에 도착한 것이다. 모두는 소중하게 간직해 왔던 물건들을 모두 열차 안에 버려둔 채 내려야만 했다. 그리고 그와 함께 모든 환상도 거기에 내버려야만 했다.

나치 독일의 친위대원들이 약 2야드의 간격으로 한 사람씩 늘어선 채 모두를 향해 경기관총을 겨냥하고 있었다. 모두가 손에 손을 맞잡고 동료들의 뒤를 따라 걸었다.

친위대의 하사관 한 사람이 곤봉을 들고 앞에 와서 마주섰다. 그리고 명령을 내렸다.

"남자는 좌측으로! 여자는 우측으로!"

이 네 마디 명령은 조용하고 무관심한 어조로 감정도 없이 내려졌고, 그 네 마디 말은 지극히 간결하고 짧았다.

그러나 그 말이 떨어지는 찰나가 남편과 아내가, 아들과 어머니가 영원히 헤어지는 바로 그 순간이었다.

엘리위젤은 생각할 틈도 없었다. 이미 아버지의 손이 자기 손을 조이는 것을 느꼈다. 거기엔 부자만 남았다. 지극히 짧은 순간, 어머니와 누이들이 오른쪽으로 멀어져 가는 모습을 힐끔 보았다.

치포라는 어머니의 손을 꼭 잡고 있었다. 엘리위젤은 그들이 저만큼 사라져 가는 것을 바라보았다. 그리고 아버지와 다른 남자들과 걸어가고 있는 동안, 어머니는 치포라를 보호하려는 듯이 그녀의 금발머리를 쓰다듬고 있었다. 엘리위젤은 그 순간 그렇게 어머니와 치포라를 영원히 볼 수 없는 이별을 하고 있다는 사실을 모르고 있었다. 공포 속에 어른들을 따라 계속 걸어야 했다. 아버지가 손을 꼭 잡고 있었다.

뒤에서 노인 한 사람이 땅바닥에 쓰러졌다. 노인 곁에는 권총을 찬 친위대원 한 명이 서 있었다. 엘리위젤은 아버지의 팔을 움켜잡았다. 아버지를 놓치지 말아야 한다는 생각뿐이었다. 혼자 떨어져서는 안 된다는 생각만 했다. 친위대 장교들이 명령을 내렸다.(5집에 계속)

(알림) 홀로코스트는 본사 발행 도서로 전국서점에서 판매중입니다. (신국판 390쪽 정가 15,000원)

민요 '아리랑'이 품은 속 뜻

1. 한자적 해석

아리랑이 세계에서 가장 아름다운 곡 1위에 선정됐다. 영국, 미국, 프랑스, 독일, 이탈리아 외국 작곡가들로 구성된 선정대회에서 82%라는 높은 지지율로 단연 1위에 올랐다. 특히 선정단에는 단 한 명의 한국인도 없어 더욱 놀라게 했다. 대단하다. 우리 모두 긍지를 가져도 되겠다.

'아리랑 아리랑 아라리요 아리랑 고개를 넘어간다.

나를 버리고 가시는 임은 십리도 못 가서 발병난다.'

대개는 혹시 아리랑의 참뜻을 알고 있는지 묻고 싶다. 우리는 아리랑의 뜻에 대해 외국인이 물으면 한국인임에도 불구하고 그 뜻과 의미를 제대로 답하지 못했는데 이제는 확실하게 알았으면 좋겠다. 그렇다면, 아리랑은 무슨 뜻일까? 아리랑은 작가 미상의 우리나라 민요다. 남녀노소 누구나 잘 알고 부르는 노래로, 우리는 아리랑을 흔히 사랑에 버림받은 어느 한 맺힌 여인의 슬픔을 표현한 노래로 대충 그리 알고 생각하는데, 아리랑이라는 민요 속에

담긴 큰 뜻은 따로 있다. 아리랑의 참뜻은 '참 나를 깨달아 인간 완성에 이르는 기쁨을 노래한 깨달음의 노래'이다.

'아(我)'는 참된 나(眞我)를 의미하고,

'리(理)'는 알다, 다스리다, 통한다는 뜻이며,

'랑(朗)'은 즐겁다, 다스리다란 뜻이다.

그래서 아리랑(我理朗)은 '참된 나(眞我)를 찾는 즐거움'이라는 뜻이다.

'아리랑 고개를 넘어간다'는 것은 나를 찾기 위해 깨달음의 언덕을 넘어간다는 의미이고, 고개를 넘어간다는 것은 곧 '피안의 언덕'을 넘어간다는 뜻이기도 하다.

'나를 버리고 가시는 임은 십리도 못 가서 발병 난다.'의 뜻은 진리를 외면하는 자는 얼마 못 가서 고통을 받는다는 뜻이다.

진리를 외면하고 오욕락(五慾樂)을 좇아 생활하는 자는 그 과보로 얼마 못 가서 고통에 빠진다는 뜻이다. 이러한 아리랑의 이치(理致)와 도리(道理)를 알고 나면 아리랑은 '한(恨)의 노래'나 저급한 노래가 아님을 알 수 있다.

이렇게 깊은 뜻이 담겨 있는 아리랑이 우리의 민요, 아니 이제 전 세계인의 노래가 되었음을 축하하고 기쁘게 생각해야겠다. 문화는 역사를 연결시키는 매개체이다.

'노래 한곡(아리랑)으로 세계인의 마음과 흥을 돋우는 우

리의 국보인 이 노래가 자랑스리운 이유는 충분하다.'

노래는 인생을 즐겁게 하고 세월을 아름답게 꾸민다.

(인천광역시 계양구 황어로134번길 28 이선구의 행복비타민 | 운영인 이선구 ‖ Tel:02-780-5333 Fax:02-780-5336 e-Mail : winjoy1@daum.net)

2. 성서적 해석

한국의 민요인 아라랑(우리 민족의 최초의 찬송가) 아리랑의 '올'이란 말은 수많은 생명을 낳는 모체, 근원의 하나님을 뜻한다. 씨알 등.

그런데 하나님은 보통 알이 아니라 큰 알, 그래서 한(관형사)+알= 하알님=하나님) 히브리어로 하나님을 엘(EL), 아람어로 알라(allah)도 바로 이 알이란 말에서 파생한 것이다.

'이랑'이란 말은 with(함께)란 말이다. 고개란 말은 동방의 산악지대인 '파마를 고원'을 넘어 알타이 산맥을 넘어갔다는 뜻. 그러므로 아리랑은 '하나님과 함께 하나님과 함께 하나님이요, 하나님과 함께 고개를 넘어간다'고 해석할 수가 있다.

이것을 보면 하나님 중심 사상, 신본주의정신을 볼 수 있다. '십리도 못 가서 발병난다'는 말은 악담이나 저주가 아니라 발병이 나서라도 떠나가지 못하고 나의 품으로 돌아오라는 회귀의 소원이요 사랑의 표현인 것이다.

성경에 보면 에베를 혈통으로 셈족 중에서 특별히 선택을 받은 셈족의 종가가 바로 욕단인데 그는 하나님을 아는 백성이었다. 그가 빛의 근원이신 하나님을 공경하기 위해서 해를 따라 dkf이랑 고개를 넘어 이동하다가 백두산과 그 변두리로 배달나라('붉'의 땅)에 배달겨레의 조상이 되었다.(신성종)

3. 교회신보 게재 아리랑

2022년 6월 25일 미션아리랑/대신세계선교회(안양시 평촌동 두산벤처타운 031-382-5167)에선 "'아리랑'은 원래 '알이랑'이라는 말이다. '알이랑'은 '알'과 '이랑'으로 구분되며 '알'은 하나님을 의미하고 '이랑'은 '-와 함께', 영어로 with라는 의미이다. 그래서 아리랑은 원래 뜻은 하나님과 함께라는 의미이다."라고 풀이해 놓았다.

4. 신화적 해석

아리랑을 하나님이랑이라고 하고 우리가 단군의 자손이라며 단 지파라고 가르치는 분들이 있습니다. 믿음은 좋지만 너무 상식 밖의 궤변입니다

아리랑은 바이칼 호수 주변에 사는 에벤키족이 지금도 사용하는 말로, 아리는 맞이하다, 쓰리랑은 느껴서 알다라는 의미로 사용하는 말로 우리와 생긴 모습이 동일한 몽

고리안입니다.

결어

참고로 바이칼호 주변에 사는 브리아트 부족 가운데는
'나무꾼과 선녀' 등 우리나라와 동일한 민간 설화도 있다.
한국교회에 떠도는 과잉 신앙 이단사설은 유의하는 것이
좋을 것이다.(편집자 註)

세계 명언

최고 학부로 올라갈수록 말의 유희(遊戱)가 심하고 방
법론적 논쟁으로 만사에 불확정성이 극심하다. 해결이 어
려운 문제는 늘 피해 버린다. 왜냐하면 아카데미에서는
누구나 늘 기분 좋게 악의 없이 "저는 모릅니다"하는 따위
말 듣기를 좋아하지 않기 때문이다. ─칸트

문명(文明)은 회칠한 벽과 같아서 그 안에는 교화보다
음모가 숨겨 있다. ─류씨·말로리

학문만 있고 아무 것도 하지 않는 자는 비를 내리지 않
는 구름과 같다. ─동양의 성언)

어떤 학문이든 그저 무턱대고 옹호하는 사람들은 어떤
학문에도 깊이 들어가지 못한다. ─립텐벨크

각설이타령

각설이를 한문으로 쓰면 각설이(覺說理)가 된다. 각설이의 각(覺)은 깨달을 각자이고, 설(說)은 말씀 설자 이며, 이(理)는 이치 리(理).

이를 풀이하면 '깨달음을 전하는 말로서 이치를 알려준다'는 뜻이 된다. 한마디로 깨치지 못한 중생들에게 세상 이치를 알려준다는 뜻이라는 이야기.

각설이 원조는 신라의 원효대사로 보고 있다. 원효대사가 한때 부처님의 진리를 설파하기 위해 중생들이 알기 쉽도록 바가지를 치며 중생 속에 들어가 법문을 노래하며 교화한 적이 있었기 때문이다. 각설이 타령은 얼씨구로 시작되는데 여기서 얼씨구는 얼의 씨를 구한다는 의미란다.

"얼~씨구씨구 들어간다 ~"

이는 얼의 씨가 몸 안에 들어간다는 뜻.

"저~얼 씨구씨구 들어간다 ~"

이 또한 저얼의 씨도 몸 안으로 들어간다는 뜻.

"작년에 왔던 각설이 죽지도 않고 또 왔네 ~ "

이는 전생에 깨달았던 영(靈)은 죽지 않고 이생에 다

시 태어난다 라는 뜻이란다.

"이놈의 자식이 이래봬도 정승판서의 자제로서~"

이 생에서는 이 모양 이 꼴이지만 전생에는 정승판서의 아들이었다는 전생론을 말하고 있음. 영(靈)은 돌고 돌아 다시 태어나는데, 살아생전에 덕(德)을 쌓지 않으면 다음 생에 이 꼬락서니가 되기 쉬우니 이 사실을 잘 알아라!

따라서 각설이는 영(靈)의 윤회를 노래한 선각자들의 중생문화운동이었음을 알 수 있다. 그리고 흥이 날 때 누구나 하는 소리로 '얼씨구 저~얼씨구'라는 용어를 쓰는데 그 말의 어원은 다음과 같다.

우리나라는 역사상 900여 회나 외세침략을 받았는데 한번 전쟁을 치르고 나면 전쟁에 나간 남자들은 거의 씨가 말라버릴 정도로 죽었고 그러다 보니 졸지에 과부가 된 여자들과 과년한 처녀들은 시집도 못 가고 아이를 낳고 싶어도 낳을 수가 없었다. 어디를 간다 해도 쉽게 씨받기가 어려웠던 것. 그래서 한이 맺혀 하는 소리가 있었으니 그 소리가 바로 "얼~씨구 저~얼 씨구 지하자 졸~씨구"였다고 한다.

그 말 뜻은 얼씨구는 세상에서 가장 멸시 당하는 서자의 씨라도 구해야겠네.

절씨구는 당시 사회에서 천노였던 중의 씨라도 받아야겠네. 지하자졸씨구(至下者卒氏求)는 가장 낮은 졸병의 씨라도 구해야겠네.

이렇게 남자의 씨를 구하고자 했던 아픈 사연이 숨어 있다고 한다. 한자 원문을 풀이해 보면 다음과 같다고 한다.

얼씨구(孼氏求)란? 우리나라의 가족사에 서얼(庶孼)이란 말이 있는데 서자(庶子)와 얼자(孼子)를 합친 말이고 서자(庶子)는 양반의 남자가 양가나 중인의 여자를 첩으로 얻어 낳은 자식을 말하며, 얼자(孼子)란 천민의 여자로부터 얻은 자식을 말한다. 그러니 천대받는 서얼(庶孼)의 씨라도 구한다는 의미가 되는 것.

또 절씨구(卍氏求)란 절간에서 씨를 구한다는 의미이니 중의 씨를 구한다는 뜻인데, 당시 승려는 사노비(私奴婢)와 백정, 무당, 광대, 상여꾼, 기생(妓生), 공장(工匠)과 함께 팔천(八賤)이라 하여 천민(賤民)에서도 최하위 천민에 속해 있었다. 그래서 천민에 속해 있는 중의 씨라도 구한다는 의미가 된다.

지하자졸씨구(至下子卒氏求)는 세상에서 가장 바닥생활을 하던 자로 어딘가 모자라고 신체적으로 불구인 이들은 전쟁터에 나가는 최하위 졸병들의 수발을 들며 허드

레 막일을 하던 사람들이었다. 한마디로 병신(病身)인 졸병의 씨라도 구한다는 의미란다. 아마도 전해지는 일본의 '기모노 내력'과 비슷한 시대였다고 생각된다.

우리는 각설이 타령에 이런 가슴 아픈 의미가 숨어 있는 줄도 모르고 그저 각설이타령은 거지들이 구걸하는 모습으로만 알고 있으니 실로 안타깝기 그지없다.

술자리에서 건배를 하며 태평성대를 즐기는 듯,

'얼~씨구 절~씨구 지하자 좋~다'

하면서 술을 마시고 춤을 추고 있었으니 이 일을 어찌하면 좋을는지?

이제라도 이런 슬픈 역사와 각설이 타령에 숨어 있는 비애(悲哀)를 가슴깊이 새기고, 다시는 이 나라에 비극이 없는 부강한 나라, 강력한 나라를 만들어야겠다.

기축옥사 이후 못난 역사

역사 반복할 것인가?

1589년 조선에 '기축옥사'라는 사건이 있었다. 명분은 '정여립 모반 사건' 가담자 처벌이었지만 사실은 왕위 계승의 정통성이 부족한 선조가 입지를 강화하고자 동인을 토벌한 대 참극이었다.

3년간 사형이나 유배를 당한 동인 선비가 1000여 명에 달했고 조정에는 일할 관리가 부족할 정도였다고 한다. 4대 사화 다 합쳐도 희생자가 500여 명인 점을 감안 하면 이 사건이 얼마나 잔혹했는지 알 수 있다. 그런데 '기축옥사'는 여기서 끝나지 않는다. 동인 세력을 절멸시킨 서인들은 1623년에는 인조반정을 주도하여 광해군과 북인마저 제거하면서 바야흐로 서인 세상을 만들었다.

이후에도 왕비는 서인 출신으로 간택하고, 조정은 서인들로 채우면서 조선이 망할 때까지 집권했다. 서인들만의 세상이 되면서 정치 환경이 확 바뀌었다. 정책이나 논리 경쟁은 사라지고, 자기와 생각이 다른 사람은 절대 용서하지 않는 사생결단 정치가 전개되었다.

효종 때 서인들이 반대한 '북벌론'을 주장한 남인의 거두 윤휴를 성리학의 이단으로 몰다가 반역죄를 씌워 처형한 것이 대표적 사례이다.

학문도 성리학 이외에는 허용하지 않았다. 오로지 성리학 이념만이 최고 가치가 되면서 기업을 천시하고, '상복을 몇 년간 입어야 하는가?' 하는 예송 논쟁이나 벌이고 있었으니 나라가 잘될 수 없다.

결국 변방 약소국으로, 오로지 중국 속국으로 만족하며 살다가 중국이 붕괴하면서 같이 망했다.

지금 431년 전 기축옥사를 되짚어 보는 것은 2017년 적폐 청산 이후 우리 사회와 닮은 점이 너무 많아 역사의 교훈을 찾기 위해서이다. 진보 진영이 적폐 청산 명분으로 대통령, 대법원장, 국정원장, 장관, 군 장성 등 보수 진영을 초토화하고 입법, 사법, 행정, 언론 등 거의 모든 권력을 장악한 것은 과거 서인의 모습과 별반 차이가 없다.

정치 환경이 편 가르기와 사생결단식으로 가는 것도 유사하다. 전직 대통령들을 차례로 수감하는 모습은 참 모질다. 가장 우려되는 공통점은 자기와 생각이 다른 사람을 용납하지 않는 행태다. 공수처법에 대해 소신을 밝힌 여당 국회의원은 미운털이 박혀 배척당했고, '지역 사랑 상품권이 큰 효과 없다'는 연구 결과를 밝힌 국책 연구원은 대선 주자에게 호되게 야단맞았다.

탈원전은 거의 성리학 수준이다. 감사를 했다고, 수사를 한다고 감사원장이나 검찰총장을 향해 총공세를 가하는 여권 모습은 정상이 아니다. 사회는 다양해야 건강하게 발전하는데 자기와 생각이 다르다고 '적폐니, 토착 왜구니, 친재벌이니' 하며 적대시하는 행태는 매우 위험하다.

정부 내에서도 마찬가지다. 여권의 뜻과 달리 국가 재정을 아끼려던 경제부총리는 시달리다 못해 사의 표명까지 했고, 역시 국가 부채를 걱정한 한은총재는 여당 의원에게 "너나 잘하세요."라는 말을 들었다.

산자부는 원전 정책이 무너져도, 주 52시간제나 경제 3법 등으로 기업인들 속이 타들어 가도 묵묵부답이다. 복지부는 소통 없이 공공 의대를 강행하다가 의료계와 갈등을 빚고, 환경부는 아직도 4대강 흠집 내기에 열심이다.

정부 안의 전문 관료들 의견은 실종되고 진영 논리만 가득하다. 그나마 다른 목소리가 나오는 곳은 법무부와 검찰이다. 하지만 이들의 행태는 너무나 치졸해서 대한민국이 이 정도밖에 안 되는지 자괴감이 들 정도다. 검찰은 우리나라에서 가장 우수한 사람들이 모인 곳인데 어쩌다가 '개'에 비유당하고, 이상한 정치인 1명 때문에 망가질 만큼 우스운 꼴이 되었는지 모르겠다.

기축옥사를 수사한 사람은 우리에게 문인으로 잘 알려진 송강 정철이다. 선조는 정철을 특검으로 임명하면서 '백관 중의 독수리, 대궐의 맹호'라고 극찬했지만 기축옥사가 끝나가던 1591년 말 '악독한 정철이 선한 선비들을 다 죽였다'고 분노하며 유배시켰다.

정철은 이후 술독에 빠져 살다가 2년 후 57세에 강화도에서 비참하게 생을 마감했다고 한다. 적폐 청산 총대를 멨던 검찰은 앞으로 어떻게 역사에 기록될까?

기축옥사 3년 후 조선은 임진왜란을 맞았다. 선조는 도망가고, 백성은 경복궁에 불을 질렀다. 이후 정묘호란, 병자호란까지 맞으며 조선은 쑥대밭이 되었다.

서인들이 미래 대비는 안 하고, 자기들끼리 안방 정치만 한 대가다. 지금 우리도 적폐 청산 3년이 지나면서 총체적 위기를 맞고 있다. 여권이 지금처럼 미래 대비를 소홀히 하고 자기들만의 세계를 꿈꾸다가는 기축옥사 이후의 못난 역사가 반복될 수 있다.

〈朝鮮칼럼 대기 단국대 초빙교수〉

대원군의 뺨을 때린 장수(將帥)

조선 말엽 왕족인 이하응은 제26대 고종의 아버지다. 이하응은 아들 명복이 12세에 제26대 고종으로 즉위하자 대원군에 봉해지고 어린 고종을 대신해 섭정하였다.

그런 이하응이 젊었던 시절 이야기다.

몰락한 왕족으로 기생집을 드나들던 어느 날 술집에서 추태를 부리자 종2품 무관 이장렴이 말렸다.

화가 난 이하응이 소리쳤다.

"그래도 내가 왕족이거늘! 일개 군관이 무례하구나!"

그러자 이장렴은 이하응의 뺨을 후려치면서 호통을 쳤다.

"한 나라의 종친이면 체통을 지켜야지. 이렇게 추태를 부리고 외상술이나 마시며 왕실을 더럽혀서야 되겠소? 나라를 사랑하는 마음으로 뺨을 때린 것이니 그리 아시오."

세월이 흘러 이하응이 흥선대원군이 되어 이장렴을 운현궁으로 불렀다.

이장렴은 부름을 받자 죽음을 각오하고 가족에게 유언까지 하고 갔다.

이장렴이 방에 들어서자 흥선대원군은 눈을 부릅뜨면

서 물었다.

"자네는 이 자리에서도 내 뺨을 때릴 수 있겠는가?"

이에 이장렴은 거침없이 대답했다.

"대감께서 지금도 그때와 같은 못된 술버릇을 갖고 있다면 이 손을 억제하지 못할 것입니다."

이장렴의 말에 흥선대원군은 호탕하게 웃으며 말했다.

"하하하, 조만간 그 술집에 다시 가려고 했는데 자네 때문에 안 되겠군."

그러면서 자기 무릎을 탁 치며 좋아했다.

"내가 오늘 좋은 인재를 하나 얻었군."

흥선대원군은 이장렴을 극진히 대접하고 그가 돌아갈 때는 친히 문 밖까지 나와 배웅하며 하명했다.

"금위대장 나가시니 중문으로 모시도록 하여라."

무장답게 목숨을 걸고 지조를 지킨 이장렴도 대단하지만 인재를 알아본 흥선대원군 또한 훌륭했다.

오직 나라를 생각하는 충신과 지혜로운 주군.

작금 우리의 현실을 보고 현재를 살아가는 우리에게 많은 것을 생각하게 한다. 시류에 이리저리 편승하여 눈치나 보는 현대판 아부군상이 설쳐대는 현실 정치를 마주하면서 폭 넓은 아량과 위민정신으로 국론을 통합하고 국민을 단결시킬 진정한 정치를 펼칠 인물이 나오기를 기대해 본다.

국내외로 문제가 산적한데 해결될 기미는 보이지 않고 신뢰받는 인사도 마땅히 보이지 않아 답답한 때 옛 고사가 생각나서 시류에 편승하지 않고 오롯한 품성으로 오직 국가와 국민을 위하는 지조 있는 위인을 그리며 함께 애국심을 다짐해 본다. (좋은 글이라 퍼왔습니다. 쓰신 분께 감사와 양해의 말씀을 올립니다)

사회적으로 고위직에 계셨던 분들이 퇴직 후에 어떻게 하면 아름다운 노후를 보람 있게 누릴 수 있는가를 생각하게 하는 동화

손자가.. 밤에 오줌을 싸놓고,
"할머니, 나 오줌 쌌어."
할 때 사랑의 말,
"오! 우리 왕자님께서 큰일을 하셨군."
전직 대학총장님 등을 타고,
"이랴! 이랴!"
"음메, 음메."하는
총장님과 어린왕자 이야기.

심혁창 저/46배판/올칼라/10,000원

프란시스코의 평화의 기도문

어느 추운 눈 내리는 겨울밤 불을 끄고 막 잠을 청하려고 침대에 누웠는데 누가 사제관 문을 두드렸습니다. 귀찮은 생각이 들었습니다. 사제로 살아가는 내가 찾아온 사람을 그냥 돌려보낼 수 없었습니다. 불편한 마음으로 잠자리에서 일어나 문을 열었습니다. 문 앞에는 험상궂은 나병환자가 추워서 벌벌 떨고 서 있었습니다. 나병 환자의 흉측한 얼굴을 보고 섬뜩했습니다. 그래도 마음을 가라앉히고 정중하게 물었습니다.

"무슨 일로 찾아오셨습니까?"

"죄송하지만 몹시 추워 온 몸이 꽁꽁 얼어 죽게 생겼네요. 몸 좀 녹이고 가게 해 주시면 고맙겠습니다."

문둥병 환자는 애처롭게 간청을 했습니다. 마음으로는 솔직히 안 된다고 거절하고 싶었습니다. 하지만 사제의 양심에 차마 그럴 수가 없었습니다. 마지못해 머리와 어깨에 쌓인 눈을 털어주고 안으로 안내했습니다. 자리에 앉자 살이 썩는 고름으로 심한 악취가 코를 찔렀습니다.

"어떻게 식사는 하셨습니까?"

"아니오. 벌써 며칠째 굶어 배가 등가죽에 붙었습니다."

사제는 식당에서 아침식사로 준비해 둔 빵과 우유를 가져다주었습니다. 문둥병 환자는 기다렸다는 듯이 빵과 우유를 게걸스럽게 다 먹었습니다. 식사 후 몸이 좀 녹았으니 나병환자가 나가 주기를 기다렸습니다. 하지만 문둥병 환자는 가기는커녕 기침을 콜록거리며 오히려 이렇게 부탁을 했습니다.

　　"성도님! 지금 밖에 눈이 많이 내리고 날이 추워 도저히 가기 어려울 것 같네요. 하룻밤만 좀 재워 주시면 감사하겠습니다."

　　"할 수 없지요. 누추하기는 하지만, 그럼 여기 침대에서 하룻밤 주무시고 가시지요."

　　마지못해 승낙을 했습니다. 염치가 없는 문둥병 환자에게 울화가 치밀어오는 것을 꾹 참았습니다. 혼자 살고 있어서 침대도 일인용 하나밖에 없었습니다. 침대를 문둥병 환자에게 양보하고 할 수 없이 맨바닥에 자려고 하였습니다. 밤이 깊어지자 문둥병 환자는 또다시 엉뚱한 제의를 해 왔습니다.

　　"성도님, 제가 몸이 얼어 너무 추워서 도저히 잠을 잘 수 없네요. 미안하지만 성도님의 체온으로 제 몸을 좀 녹여주시면 안 되겠습니까?"

　　어처구니없는 문둥병환자의 요구에 당장 자리에서 일어

나 밖으로 내쫓아버리고 싶었습니다. 그러나 예수님이 자신을 위해 희생하신 '십자가의 은혜'를 생각하며 꾹 참고 그의 요구대로 옷을 모두 벗어버리고 알몸으로 문둥병환자를 꼭 안고 침대에 누웠습니다. 차마 상상치 못한 상황이 벌어진 것입니다. 일인용 침대라 잠자리도 불편하고 고약한 냄새까지 나는 문둥병 환자와 몸을 밀착시켜 자기 체온으로 녹여주며 잠을 청했습니다. 도저히 잠을 못 이룰 것 같다고 생각했지만 자신도 모르게 꿈속으로 빠져 들어갔습니다. 꿈속에서 주님께서 환히 기쁘게 웃고 계셨습니다.

"프란시스코야! 나는 네가 사랑하는 예수란다. 네가 나를 이렇게 극진히 대접했으니 하늘에 상이 클 것이다."

"아, 주님! 나는 아무것도 주님께 드린 것이 없습니다."

꿈속에서 주님의 모습을 보고 깜짝 놀라 자리에서 일어났습니다. 벌써 날이 밝고 아침이었습니다. 그러나 침대에 같이 자고 있어야 할 문둥병환자는 온데 간 데 없었습니다. 뿐만 아니라 고름냄새가 배어 있어야 할 침대에는 오히려 향긋한 향기만 남아 있을 뿐 왔다 간 흔적도 없이 사라졌습니다.

"아! 그분이 주님이셨군요. 주님이 부족한 저를 이렇게 찾아주셨군요. 감사합니다."

무릎을 꿇고 엎드렸습니다. 모든 것을 깨닫고 밤에 문

둥병 환자에게 불친절했던 자신의 태도를 회개하며 자신과 같은 비천한 사람을 찾아주신 하나님께 감사기도를 올렸습니다. 이 기도가 바로 전 세계에서 가장 사랑받는 프란시스코의 '평화의 기도'입니다.

주님, 저를 평화의 도구로 써 주소서.
미움이 있는 곳에 사랑을,
다툼이 있는 곳에 용서를,
분열이 있는 곳에 일치를,
의혹이 있는 곳에 신앙을.
그릇됨이 있는 곳에 진리를,
절망이 있는 곳에 희망을,
어둠이 있는 곳에 빛을,
슬픔이 있는 곳에 기쁨을
가져오는 자가 되게 하소서.
위로받기보다는 위로하며,
이해받기보다는 이해하며,
사랑받기보다는 사랑하게 하여 주소서.
우리는 줌으로써 받고,
용서함으로 용서 받으며,
자기를 버리고 죽음으로써,
영생을 얻기 때문입니다.

이 기도가 바로 전 세계에서 가장 사랑받는 '프란시스코'의 평화의 기도입니다.

한국 머슴과 미국 머슴

　평안북도 정주에 머슴살이를 하던 청년이 있었다. 눈에는 총기가 있고, 동작이 빠르고 총명한 청년이었다.

　아침이면 일찍 일어나 마당을 쓸고, 일을 스스로 찾아서 했다. 그는 아침이면 주인의 요강을 깨끗이 씻어서 햇볕에 말려 다시 안방에 들여놓았다.

　주인은 이 청년을 머슴으로 두기에는 너무 아깝다고 생각하고 그 청년을 평양의 숭실대학에 입학시켜 주었다. 공부를 마친 청년은 고향으로 내려와 오산학교 선생님이 되었다.

　요강을 씻어 숭실대학에 간 그가 민족의 독립운동가 조만식 선생님이시다. 후에 사람들이 물었다.

　"머슴이 어떻게 대학에 가고 선생님이 되고 독립운동가가 되었나?"

　"주인의 요강을 정성들여 씻는 정성을 보여라."

　이렇게 대답하셨다. 남의 요강을 닦는 겸손과 자기를 낮출 줄 아는 아량! 그것이 조만식 선생님을 낳게 했다.

———————

　미국의 남북전쟁이 터지기 몇 해 전의 일이다.

오하이오 주의 대농 부호인 테일러(Worthy Tailor)씨 농장에 한 거지 소년이 굴러들었다. 17살의 '짐'이었다.

일손이 많이 필요한 이 집에서는 그를 머슴으로 고용했다. 그러나 3년 뒤, 자기의 외동딸과 짐이 서로 사랑한다는 것을 알게 된 테일러 씨는 몹시 노하여 짐을 때려서 빈손으로 내쫓았다. 그 후 35년이 지나 낡은 창고를 헐다가 짐의 보따리를 발견했는데 한 권의 책 속에서 그의 본명을 찾았다.

'James A. Garfield.'

그는 당시 현직 대통령이었다. 그동안 짐은 히람대학을 수석으로 졸업했고, 육군 소장을 거쳐 하원의원에 여덟 번 피선된 후 백악관을 차지했다.

"인간은 대체로 내용보다는 외모를 통해서 사람을 평가한다. 누구나 다 눈을 가지고 있지만 통찰력을 가진 사람은 드물다."라는 마키아벨리의 말을 되새기며 다른 사람의 외모로가 아닌 내면을 보고 평가할 줄 아는 지혜자가 되어야 하겠다.

(옮김. 겉모습으로 판단하지 말고 내면을 보자! 하나님은 중심을 보신다.
나 자신이 외모만 꾸미려는 습성을 버려야 할 것이다. 이영범 목사)

환란의 터널 저편 (1)

"아아 잊으랴, 어찌 우리 이 날을, 조국을 원수들이 짓밟아 오던 날을!
맨 주먹 붉은 피로 원수를 막아내어 발을 굴러 땅을 치며 의분에 떤 날을!
이제야 갚으리 그날의 원수를, 쫓기는 적의 무리 쫓고 또 쫓아 원수의 하
나까지 쳐서 무찔러 이제야 빛내리 이 나라 이 겨레!"

이용덕

6월이면 우리는 절로 뼈아픈 원한의 6.25, 삼천리금수
강산을 동족상잔의 피 비린내가 진동하게 하던 그 날, 아
직도 그것은 생생히 살아 가슴 아프게 하는 비극적 그 날
의 광경을 떠올리며 아픈 상념에 빠지게 한다.

1945년 8월 15일 일본이 마침내 항복을 발표한다. 그
즉시 일본은 우리나라에서 물러가고 제2차 세계대전의 승

전국인 미국(자본주의)과 소련(사회주의)이 한반도를 차지하기 위해 들어온다.

제1차 2차 세계대전 발발 이유가 강대국이 식민지를 삼기 위한 제국주의 때문인데 여기에 미·소간 이념대립 상황 속에 1948년 8월 15일 남한은 '대한민국'을 수립했고 얼마 후 9월에는 북한에서 '조선민주주의 인민공화국'이 수립되며 한반도에 두 개의 국가가 생겼다.

1950년 6월 25일 새벽, 38선을 따라 배치되어 있던 북한군의 야포가 남쪽을 향해 일제히 불을 뿜기 시작하면서 뒤이어 북한군 기동부대가 서쪽의 옹진반도로부터 동쪽으로 개성, 전곡, 포천, 춘천, 양양에 이르는 38선 전역에서 공격을 시작했다. 또한 유격대와 육전대가 동해안을 따라 강릉 남쪽 정동진과 임원진에 상륙한다. 그때부터 정적에 휩싸여 있던 38선과 동해안 일대가 단숨에 아비규환의 전쟁터로 변해 버렸다.

진실로 지구상에 이보다 더 처참하고 악랄했던 비극적인 살육의 현장이 또 어디에 있을까? 생각하면 생각할수록 우리를 너무나 슬프고도 안타깝게 한다.

그런데 놈들은 왜 아직도 적화통일만을 유일한 이념으로 호시탐탐 제2의 6.25를 획책하며 온갖 도발을 일삼고 있는지— 북한은 왜 그토록 핵을 만들고 발광하는지 알 수가 없다. 보라, 자기네 인민들은 기아와 굶주림으로 배고파 그렇게 날마다 못 먹어 병에 굶주림에 죽어가고 있는데도 말이다.

내가 9살 때다. 우리는 종로6가 동대문 앞 청계천이 연결되는 개천 옆 일본 사택에서 살았다. 내가 동대문 앞 큰 도로에서 동네 형들과 놀다가 도로 건너편으로 건너오는데 군인 지프차 여러 대가 종로 쪽으로 달려가면서 급히 외치는 소리를 들었다.

"때려라, 부숴라, 공산당!"

잠시 후 군인 지프차가 급하게 달려가면서 동대문 방향으로 기관총 방아쇠를 연속해서 당겼다. 그 순간 길을 건너던 형이 총에 맞아 쓰러졌다. 바로 내 뒤에서였다. 지금도 동대문에 그 상처가 남아 있다.(지금도 그 흔적을 볼 수가 있음.)

그 당시 북한은 소련에서 최신식 무기를 지원받아 민족의 최대 비극인 6.25 불법 기습 남침을 감행했다. 그리하여 서울은 4번이나 주인이 바뀌었다. 38선에서 불과 40km 남쪽에 위치한 서울은 그야말로 풍전등화와 같았다.

북한군은 사전에 치밀한 남침계획을 수립하고 6월 25일 주일 새벽에 공격을 감행했다. 그것도 모르고 남한 군대는 주일 휴가를 가기도 하고 느긋하게 늦잠을 자고 있었던 것이다. 북한군은 남한의 그 같은 약점을 결코 간과하지 않았다. 저들은 서울 북쪽에 주공격부대인 제1군단을 투입해 서울을 집중적으로 공격해 왔다. 그리고 중부전선 춘천과 동부전선 강릉 등 북쪽에는 북한군 제2군단이 동시에 남침해 왔다.

주말을 맞아 많은 병력이 외출 외박을 나갔기 때문에 부대에 남아 있는 병력은 몇 안 되었다. 38선 국군방어진 지로 적군이 거침없이 파도처럼 밀려오자 아군은 혼비백산. 지리멸렬한 접전을 할 수밖에 없었다.

북한군은 사전에 치밀하게 소련제 T-34전차와 SU-76 자주포 등 최신무기로 공격해 왔다. 그러나 우리 국군은 단 한 대의 전차도 자주포도 갖추지 못한 상태였다. T-34전차 한 대를 격파할 능력이 없는 아군에게 밀려드는 북한군 전차는 무적의 괴물로 이 나라를 짓이기고 쳐들어 왔다. 육군본부 상황실에는 전방사단으로부터 급박한 상황이 쇄도했고, 새벽에 자택에서 상황보고를 받은 육군 참모총장 채병덕 소장은 즉시 전군에 비상을 발령하고 신성모 국방부장관을 직접 찾아가 전쟁 발발 상황을 보고했다고 한다.

서울을 비롯한 주요 도시의 거리에서는 방송으로 장병들의 부대 복귀를 독촉하였으나 실효를 거두지 못했다.

공산군과 맞서 싸울 병력이 부족한 전방 진지는 여지없이 붕괴되기 시작하였다.

일요일이라 뒤늦게까지 자던 우리 자유대한 군대는 허겁지겁 임전 태세를 갖추었으나 허사였다. 북한 괴뢰군의 기습에 38선 일대의 아군은 무너지고 순식간에 자유대한은 다음날 오후 서울이 함락될 위기에 빠졌다. 국군이 아무리 발 빠르게 전투태세를 갖추어도 기습공격을 막기엔 역부족이었다.

그런 상황 속에서 나는 전쟁을 겪었고 모든 것을 보았다. 갑자기 당한 난리에 동대문 우리 동네도 야단법석이었다. 공동으로 방공호부터 팠다. 동네 마당에 땅을 깊게 파고 굵은 나무를 걸치고 그 위에 가마니를 얹고 흙을 덮었다. 그리고 동네 사람들이 모두 그 속으로 들어갔고 우리 가족도 방공호로 들어갔다.

어린이와 나이 많으신 남녀 어른들이 엉겨들고 환자까지 모두 들어가 좁은 방공호는 숨이 막힐 정도로 비좁았다. 어른 아이 모두 쪼그리고 엎드린 채 겁에 질린 얼굴로 숨을 죽이고 있었다. 그때 폭탄이 날아와 떨어지기 시작했다. 청계천 개울에 쾅쾅 떨어지는 포탄 소리에 방공호가 무너질 것만 같았다.

포탄 소리가 그치자 또다시 우박이 떨어지는 듯 요란한

소리가 우르르, 우르르 이어졌다. 방공호 입구는 풀썩풀썩 흙먼지가 일어나며 금방 무너질 것 같고 머리 위에서는 쿵쾅거리더니 다시 딱쿵딱쿵 하는 총소리가 요란하게 들렸다. 얼마쯤 지나자 조용해졌다. 방공호에 피해 있던 마을 사람들이 밖으로 나왔다. 나도 따라 나와 보니 방공호 위와 마당에 폭탄 파편이 수북하게 무더기로 쌓여 있었다.

우리 집 앞 담 옆과 대추나무 밑에서 총을 쏘던 인민군이 마을 사람들을 향해 소리쳤다.

"저기, 불을 빨리 끄라오!"

인민군은 불난 집을 가리키며 소리쳤다. 우리 집 뒷집이 불타고 있었다. 동네 사람들은 물통과 대야에 물을 퍼다 부었다. 불은 거기만 붙은 게 아니었다. 동대문시장과 동대문 뒤쪽 마을 사방이 불바다였다. 그동안 쏟아지는 포탄으로 청계천 개천다리 밑에 피신했던 사람들의 죽은 시체가 여기저기 어지럽게 뒹굴었다. 눈뜨고 보기 힘든 처참한 광경이었다.

밤에 방공호에 숨어 있다가 살아 나온 사람들이 다리 밑에서 총에 맞아 시체가 된 가족을 끌어안고 땅을 치며 통곡하는 소리가 온 동네에 가득했다.

그 후 나는 고모네 식구와 누나 모두가 사택 집에서 함께 살았다. 아버지는 기차 기관사였는데 역으로 나가시고 보이지 않았다. 어머니도 동생들도(남동생:용일,여동생:영자) 어디로 갔는지 볼 수가 없었다.

살아남은 누나는 길 건너 한약방에 양녀로 보내졌는지 아니면 심부름하는 아이로 갔는지 알 수가 없었다. 그래서 우리와 같이 살지 않아 나는 누나가 보고 싶어 매일 그 한약방 앞을 기웃거리곤 했다. 그리고 나는 혼자 동대문 시장 장터에 있는 복숭아나무 아래 떨어져 있는 복숭아씨와 살구나무씨를 주워다 깨트려 알을 모아 한약방에 가져다주고 계피로 바꾸어 먹곤 했다.

얼마 후 누나는 한약방에서 나와 시장에서 김밥장사를 하시는 고모님을 도왔다. 그러나 나는 말썽꾸러기라 철없이 장난을 심하게 치다가 동대문 뒤 용두동에 있는 고아원으로 누나와 함께 보내졌다. 고아원 방에는 메주 냄새가 심하게 났다. 나하고 누나가 자는데 마당 건너편에서 잠자던 남자들이 그 방에다 나를 강제로 보냈다. 나는 누나하고 있겠다고 떼를 쓰며 하루 종일 울었다. 그러나 어른들은 내 말을 들어주지 않았다.(5집에 계속)

이용덕

시인, 「문예사조」 등단, 한국크리스천문학가협회 운영이사, 평택대학교 총동문회 회장 역임, 사회복지법인 명신원 대표이사, 한국민족문학가협회 총재 역임, 대통령 표창장 수상, 신풍감리교회 장로

나도 한마디

이 인생게시판은 누구에게나 귀감이 되는 삶의 지혜를 올릴 수 있는 공간입니다. 영원히 남기고 싶은 말을 60자 이내로 작성하여 메일로 보내주시면 다음호에 게재합니다. (simsazang@daum.net)

자식을 불행하게 만드는 건 부모가 사랑이란 구실로 품에서 놓지 않기 때문이다

지혜로운 사람은 아부하는 자를 멀리하고 바른말 하는 인물을 가까이한다. 달콤한 말만 속삭이는 자와 함께하면 고인 물이 썩듯 바른 판단력이 사라진다. 군자는 선으로 살고 소인은 욕심으로 산다. (심현규)

마음이 근면하면 근면한 부자가 되고, 마음이 게으르면 게으른 거지가 된다. 선한 마음은 신이 도와주고 악한 마음은 악귀가 조종한다. (정연웅)

교만은 지식을 무용지물로 만들고 겸손은 적은 지식으로도 풍요롭게 한다. 쉬운 것을 어렵게 말하는 것은 교만이지만 어려운 것을 쉽게 말하는 것은 겸손의 저축이다.

혀를 다스리는 것은 나지만 내뱉은 말은 결국 나를 다스린다. 귀로 남의 그릇됨을 듣지 말고, 눈으로 남의 잘못을 보지 말며 입으로 남의 허물을 말하지 않음이 도리다.

내가 귀하다 해서 남을 천하게 여기지 말고 내가 크다고 해서 작은 것을 업신여기지 말며, 나의 용맹을 믿고 상대를 가벼이 여기지 말라. (임성길)

꽃잎이 모여 꽃이 되고 나무가 모여 숲이 되고 미소가 모여 행복이 된다. (표만석)

낯선 사람 외줄은 내가 앞서 건너야 그도 따라 건너듯 사람과 사람 사이를 맺어주는 마음의 다리도 내가 먼저 가슴을 열 때 상대도 가슴을 연다. (방병석)

행복할 때는 친구라고 몰려들지만 누가 진짜인지 안 보인다. 그러나 진짜 친구는 불행할 때 보인다. 지혜로운 사람은 행복할 때 친구를 두지 않는다. (김명배)

살며 겪은 아픔을 못 잊는 건 불행이다. 그러나 세월에 맡기고 아픔과 슬픔을 잊는 건 축복이다. (이덕성)

일본에서 베스트셀러가 된

내 몸 살리기

일본 의사의 충격적인 고백을 듣는다.

1. 환자는 병원의 돈줄이다
2. 병원에 자주 가는 사람일수록 빨리 죽는다
3. 노화현상을 질병으로 보아서는 안 된다
4. 혈압 130은 위험수치가 아니다
5. 혈당치를 약으로 낮추면 부작용만 커진다
6. 코레스톨은 약으로 예방할 수 없다
7. 암 오진이 사람 잡는다
8. 암 조기 발견은 행운이 아니다
9. 암 수술하면 사망률이 높아진다.
10. 한 번의 시티 촬영으로도 발암 위험이 있다
11. 의사를 믿을수록 심장병에 걸릴 확률이 높아진다
12. 3종류 이상의 약을 한꺼번에 먹지 말라
13. 감기에 걸렸을 때 항생제를 먹지 말라
14. 항암 치료가 시한부 인생을 만든다
15. 암은 건드리지 말고 방치하는 편이 좋다

16. 습관적으로 의사에게 약을 처방받지 말라
17. 암환자 통증은 모르핀주사나 방사선치료가 효과적
18. 암 방치 요법은 환자의 삶의 질을 높여준다
19. 편안하게 죽는다는 것은 자연스럽게 죽는 것임
20. 암 검진은 안 받는 편이 좋다
21. 유방암, 자궁경부암은 절제수술을 하지 마라
22. 위 절제수술보다 후유증이 더 무서운 것이다
23. 1m미만의 동맥류는 파열 가능성이 낮다
24. 채소주스, 면역요법 등 수상한 암치료법에 주의
25. 면역력으로 암을 이길 수 있다.
26. 수술로 인한 의료사고가 많다는 것을 알아야 한다.
27. 체중과 코레스톨을 함부로 줄이지 말라.
28. 영양제보다 매일 달걀과 우유를 먹는 것이 낫다
29. 술도 알고 마시면 약이 된다
30. 다시마나 미역을 과도하게 섭취하지 말라
31. 콜라겐으로 피부가 탱탱해지지 않는다
32. 염분이 고혈압에 나쁘다는 것은 거짓말이다
33. 커피는 암, 당뇨병, 뇌졸중 예방에 아주 좋다
34. 건강해지려면 아침형인간이 되어야 하다
35. 지나친 청결은 도리어 몸에 해롭다.
36. 큰 병원에서 환자는 피험자일 뿐이다

37. 스킨십은 통증과 스트레스를 줄여준다

38. 입을 움직일수록 건강해진다

39. 걷지 않으면 모든 것을 잃는다

40. 독감 예방 접종은 하지 않아도 된다

41. 병은 '내버려 두면 낫는다'라고 생각하라

42. 건강하게 오래 살 수 있는 방법 4가지

   ① 응급상황이 아니면 병원에 가지 않는다

   ② 사전의료의향서(존엄사)를 작성한다.(의식불
     명대비)자신의 의사를 미리 기록한다

   ③ 넘어지지 않도록 주의

   ④ 치매를 방지하기 위해 노력한다

43. 희로애락이 강한 사람일수록 치매애 안 걸린다.

44. 100세까지 일할 수 있는 인생을 설계하라

45. 당신도 암에서 예외일 수는 없다

46. 자연사를 선택하면 평온한 죽음을 맞을 수 있다.

47. 죽음에 대비해 '사전 의료의향서'를 써 놓는 것이
좋다.(연명치료를 절대 하지 마라.)

* 사람은 갈 때가 되면 가는 것이 인생이다. 가는 사람
억지로 잡는다고 돌아서지 못한다.

유명인 나이 알아보기

역사적 인물과 자기 나이를 비교해 보고 생각해 봄도 좋을 듯.

예　　　수	33세,	노　무　현　62세,
공　　　자	73세,	김　　　구　73세,
석　　　가	80세,	신　익　희　62세,
소크라테스	70세,	조　병　옥　66세,
이　순　신	54세,	링　　　컨　56세,
김　삿　갓	56세,	케　네　디　46세,
윤　동　주	28세,	셰익스피어　52세,
이　　　상	26세,	톨 스 토 이　82세,
안　중　근	32세,	웨　슬　레　88세,
이　승　만	90세,	록펠러 1세　98세,
박　정　희	62세,	칼　　　빈　54세,
김　영　삼	88세,	간　　　디　78세,
김　종　필	92세,	괴　　　테　83세
김　대　중	85세	토스토에프스키 60세

東西 古今史에 큰 족적을 남긴 인물의 향수(享壽)를 나열해 보았습니다.

유 머

구구단

어렸을 땐 구구단 못 외운다고 손바닥 맞고 늘 학교에
남아 공부했는데! 뒤늦게 어렵게 외웠더니 누가 이렇게
해놨어. 나와 봐!!! 가만 안 둔다.

6 × 3 = 빌 딩	4 × 2 = 좋아
2 × 8 = 청 춘	5 × 2 = 길어
2 × 9 = 십팔	5 × 3 = 불고기
3 × 1 = 절	8 × 2 = 아파
5 × 2 = 팩	8 × 8 = 올림픽
2 × 4 = 센터	9 × 4 = 일생
2 × 9 = 아나	3 × 8 = 광땡
7 × 7 = 맞게	4 × 1 = 만우절

오늘은 날 잡아서

정말 뜨거운 사랑을 했다. 속옷을 미처 걸치지 못하고
잠이 들었다. 그런데, 한밤중에 유치원 다니는 아들이 이
불 속으로 들어오는 것이다. 아들은 곧 아빠가 알몸이라
는 것을 알아채고, 아주 음흉한 목소리로 말했다.

"아빠, 팬티 안 입었지! 난 다 알아. 그거 엄마가 벗겼
지?"

아들의 말에 아빠가 할 말을 잃고 쳐다보자 아들이 모든 걸 다 이해한다는 표정으로 말했다.

"아빠, 당황할 필요 없어. 나도 다 알고 있거든."

더 난처해 말을 못하는 아빠에게 아들이 소곤소곤.

"아빠도 오줌 쌌지?"

대중탕과 독탕 차이

오랫동안 홀아비로 지내던 할배가 칠순을 맞게 되었다. 며느리가 시아버지에게 거금 4천 원을 내밀며,

"아버님 낼 모레 칠순잔치를 하니, 시내에서 목욕하고 오세요."

시아버지가 목욕탕엘 갔더니 3천5백 원을 받고 5백원을 거슬러 주었다. 목욕탕에서 때를 말끔히 벗기고 나니, 몸이 날아갈 것 같았다. 목욕을 하고 나온 할배는 상쾌한 기분을 어떻게 하면 오랫동안 지속할 수 있나 곰곰이 생각하다가 옛날에 친구와 놀러갔던 어느 과부집이 생각났다. 과부 집에서 과부와 실컷 재미를 본 할배가 남은 돈 5백 원을 기분 좋게 과부댁을 주자,

과부 : 아니 이기 뭐꼬?

할배 : 와? 뭐시 잘못 됐나?

과부 : 아니 5백 원, 이게 뭐시고? 남들은 10만원도 주던데.

할배 : 이기 미쳤나? 이 몸이 모두 목욕하는 데도 3500
　　　　원인데. 쪼깬 고추 하나 씻고 나오는데 5백 원
　　　　도 많지!
과부댁 : 으이구 할배야! 거긴 대중탕이고, 요기는 독
　　　　탕 아인교?

야! 이 도둑놈아!

청상이 된 시어머니와 며느리가 살고 있었습니다. 이곳
에 도둑이 들었는데 훔칠 것이 하나도 없었어요. 화가 난
도둑은 불을 켜고 두 사람을 깨운 후, 며느리의 얼굴이 반
반한지라 회가 동한 도둑은 옆방으로 며느리를 끌고 가며,
시어머니에게 조금 미안했던지,

"내 이년을 죽이러 가는 것이니,　노인네는 운 좋은 줄
아슈."

하고 옆방으로 가 운우지정을 나누는데.

오랜만에 남정네를 접한 며느리는 창피한 줄도 모르고
끝날 때까지 괴성을 질러댔답니다.

일을 다 끝내고 밖으로 나가려고 하는데 시어머니가 도
둑의 바짓가랑이를 붙잡고, 늘어지면서

"야 ! 이 도둑놈아! 그렇게 죽이는 거면, 나도 죽여주고
가라, 이놈아 !!"

같은 글자 다른 읽기

否 (부) 否決(부결), 否認(부인)

　　(비) 否塞(비색), 否運(비운)

北 (북) 南男北女(남남북녀), 北緯(북위)

　　(배) 敗北(패배)

分 (분) 四分五裂(사분오열), 部分(부분)

　　(푼) 分錢(푼전), 五分邊(오푼변)

不 (불) 不問曲直(불문곡직), 不敬(불경)

　　(부) (ㄷ,ㅈ위에서)不知不識(부지불식) 不貞(부정)

殺 (살) 自殺(자살), 殺生有擇(살생유택)

　　(쇄) 殺到(쇄도), 惱殺(뇌쇄)

狀 (상) 狀況室(상황실), 狀態(상태)

　　(장) 感謝狀(감사장), 賞狀(상장)

索 (색) 搜索(수색), 思索(사색)

　　(삭) 索寞(삭막), 索然(삭연)

塞 (색) 否塞(비색), 閉塞(폐색)

　　(새) 要塞(요새), 塞翁之馬(새옹지마)

誓 (서) 宣誓(선서), 誓約書(서약서)

　　(세) 盟誓(맹세)

說 (설) 說往說來(설왕설래), 說得(설득)

   (세) 遊說(유세)

   (열) 不亦說乎(불역열호)〈論語〉

省 (성) 一日三省(일일삼성), 反省(반성)

   (생) 省略(생략)

率 (솔) 率先垂範(솔선수범)

   (율, 률) 比率(비율), 能率(능률)

衰 (쇠) 衰退(쇠퇴), 榮枯盛衰(영고성쇠)

   (최) 衰服(최복)

數 (수) 數學(수학), 運數所關(운수소관)

   (삭) 頻數(빈삭), 疏數(소삭)

   (촉) 數罟(촉고)

瑟 (슬) 琴瑟(금슬), 簫瑟(소슬)

   (실) 琴瑟(금실)

食 (식) 食堂(식당)

   (사) 蔬食(소사), 簞食瓢飮(단사표음)

識 (식) 識字憂患(식자우환), 識見(식견)

   (지) 標識(표지)

惡 (악) 惡漢(악한), 勸善懲惡(권선징악)

   (오) 惡寒(오한), 憎惡(증오)

(다음호 계속)

틀리기 쉬운 비슷한 한자

郡(고을 군)　　—郡守(군수 : 군청 행정 책임자)
群(무리 군)　　—大群(대군 : 많은 무리)

勸(권할 권) —勸告(권고 : 권하여 타이름)
觀(볼 관)　　—觀光(관광 : 딴 곳의 경치를 구경함)
歡(기쁠 환)— 歡迎(환영 : 기뻐 맞이함)

己(자기 기)　—利己(이기 : 자기의 이익을 꾀함)
已(이미 이)　—已往(이왕 : 그전, 이전)
巳(여섯째지지 사)—乙巳年(을사년 : 60갑자 40번째 해)

【ㄷ】
代(대신할 대) —代行(대행 : 대신 행함)
伐(칠 벌)　　—伐木(벌목 : 나무를 벰)

待(기다릴 대) —待機(대기 : 때를 기다림)
侍(모실 시)　—侍童(시동 : 어른을 모시는 아이)

刀(칼 도)　　—短刀(단도 : 짧은 칼)
力(힘 력)　　—力行(역행 : 힘써 행함)

讀(읽을 독)　—多讀(다독 : 많이 읽음)
續(이을 속)　—續報(속보 : 계속하여 알림)

燈(등불 등) —燈火(등화 : 등불)
證(증거 증) —證人(증인 : 증거가 되는 사람)

獨(홀로 독) —獨學(독학 : 혼자서 배움)
濁(흐릴 탁) —濁流(탁류 : 흘러가는 흐린 물)
【ㄹ】
郞(사내 랑) —郞君(낭군 : 자기 남편을 말함)
朗(밝을 랑) —明朗(명랑 : 걱정 없고 쾌활함)

歷(지날 력) —歷代(역대 : 여러 대)
曆(책력 력) —陽曆(양력 : 태양을 기준으로 만든 달력)

論(의론 론) —論說(논설: 평론하는 일이나 문장)
倫(인륜 륜) —倫理(윤리 : 인륜 도덕의 원리)

埋(묻을 매) —埋沒(매몰 : 파묻음, 파묻힘)
理(이치 리) —理論(이론 : 사물의 이치를 논함)
【ㅁ】
末(끝 말) —末期(말기 : 끝날 무렵)
未(아닐 미) —未然(미연 : 아직 되지 않음)

(다음호 계속)

많이 쓰이는 외래어 (1)

1) 콘셉(concept)＝generalized idea(개념, 관념, 일반적인 생각)

2) 아이템(item)＝항목, 품목, 종목

3) CEO＝Chief Executive Officer(경영 최고책임자, 사장)

4) 콘텐츠(contents)＝내용, 내용물, 목차. 한국＝'콘텐츠 貧國(유무선 통신망을 통해 제공되는 디지털 정보나 내용물의 총칭)

5) 포럼(forum)＝공개 토론회, 공공 광장, 대광장,

6) 로드맵(roadmap)＝방향 제시도, 앞으로의 스케줄, 도로지도

7) 키워드(keyword)＝핵심어, 주요 단어(뜻을 밝히는데 열쇠가 되는 중요하고 핵심이 되는 말)

8) 내비게이션(navigation)＝① (선박, 항공기의)조종, 항해 ② 오늘날(자동차 지도 정보 용어로 쓰임) ③ 인터넷 용어로 여러 사이트를 돌아다닌다는 의미로도 쓰임

9) 와이브로(wireless broadband. 약어는 wibro)＝

이동하면서도 초고속 인터넷을 이용할 수 있는 무선 휴대 인터넷의 명칭, 개인 휴대 단말기(다양한 휴대 인터넷 단말을 이용하여 정지 및 이동 중에서도 언제, 어디서나 고속으로 무선 인터넷 접속이 가능한 서비스)

10) 엔터테인먼트(entertainment) = 연예(오락)

11) 모니터링(monitoring) = 감시, 관찰, 방송국, 신문사, 기업 등으로부터 의뢰받은 방송 프로그램, 신문 기사, 제품 등에 대해 의견을 제출하는 일.

12) 컨설팅(consulting) = 전문지식을 가진 사람이 상담이나 자문에 응하는 일.

13) 매니페스터(manifester) = 감정, 태도, 특질을 분명하고 명백하게 하는 사람(것)

14) 퍼머먼트(permanent make-up) = 성형 수술, 반영구 화장:파마(= 펌, perm)

15) 헤드트릭(hat trick) = 축구와 하키에서 한 선수가 한 경기에서 3골 득점하는 것

16) 아웃쏘싱(outsourcing) = 자체의 인력, 설비, 부품 등을 이용해 하던 일을 비용 절감과 효율성 증대를 목적으로 외부 용역이나 부품으로 대체하는 것.

17) 유비쿼터스(ubiquitous)＝도처에 있는, 사용자가 컴퓨터나 네트워크를 의식하지 않고 장소에 상관없이 자유롭게 네트워크에 접속할 수 있는 환경

18) 콘서트(concert)＝연주회

19) 님비(NIMBY. not in my backyard)현상＝지역 이기주의 현상(혐오시설 기피 등)

20) 그랜드슬램(grand slam)＝테니스, 골프에서 한 선수가 한 해에 4대 큰 주요 경기에서 모두 우승하는 것. 야구에서 타자가 만루 홈런을 치는 것.

21) 카트리지(cartridge)＝탄약통. 바꿔 끼우기 간편한 작은 용기. 프린터기의 잉크통

22) 버블(bubble)＝거품

23) UCC(User Created Content)＝이용자 제작 콘텐츠(사용자 제작물)

24) 패러디(parody)＝특정 작품의 소재나 문체를 흉내내어 익살스럽게 표현하는 수법 또는 그런 작품. 다른 것을 풍자적으로 모방한 글, 음악, 연극 등

25) 매니페스토(manifesto)운동＝선거 공약검증운동

26) 데이터베이스(data base)＝정보 집합체, 컴퓨터에서 신속한 탐색과 검색을 위해 특별히 조직된 정보 집합체, 여러 사람에 의해 공유되어 사용될 목

적으로 통합하여 관리되는 데이터의 집합

27) 테이크아웃(takeout)＝음식을 포장해서 판매하는 식당이 아닌 다른 곳에서 먹는 것, 다른 데서 먹을 수 있게 사 가지고 갈 수 있는 음식을 파는 식당

28) 아젠다(agenda)＝의제, 협의사항, 의사일정

29) 노블레스 오블리주(Noblesse Oblige)＝지도층 인사들에게 요구되는 도덕적 의무

30) 트랜스 젠더(transgender)＝성전환 수술자.

31) 패러다임(paradigm)＝생각, 인식의 틀, 특정 영역·시대의 지배적인 대상 파악 방법 또는 다양한 관념을 서로 연관시켜 질서 지우는 체계나 구조를 일컫는 개념. 범례

32) 로밍(roaming)＝계약하지 않은 통신 회사의 통신 서비스도 받을 수 있는 것. 국제통화기능(자동 로밍가능 휴대폰 출시)체계

33) 프로슈머(prosumer)＝생산자이자 소비자인 사람. 기업 제품에 자기의견, 아이디어(소비자 조사해서)를 말해서 개선 또는 소비자가 원하는 제품을 개발토록 직접 또는 간접적으로 참여하는 사람 (프로슈머 전성시대)

34) 레밍(lemming)＝나그네 쥐

35) 스태크풀레이션(stagflation) = 경제불황 속에서 물가상승이 동시에 발생하고 있는 상태

36) 시트콤(sitcom) = 시추에이션 코메디(situation comedy)의 약자, 분위기가 가볍고, 웃긴 요소를 극대화한 연속극

37) 글로벌 쏘싱(global sourcing) = 세계적으로 싼 부품을 조합하여 생산단가 절약

38) 코스등산 = 여러 산 등산(예: 불암, 수락, 도봉, 북한산… 도봉 근처에서 하루 자면서)

39) 마일리지(mileage) = 주행거리, 고객은 이용 실적에 따라 점수를 획득하는데 누적된 점수는 화폐의 기능을 한다.

40) 디지털치매 = 디지털 기기에 지나치게 의존하여 기억력이나 계산력이 크게 떨어진 상태를 일컫는 말.

41) SUV(Sport Utility Vehilcle) = 일반 승용 및 스포츠 등 여가생활에 맞게 다목적용으로 제작된 차량. 중량이 무겁고 범퍼가 높다. 일반차와 충돌 시 일반 승용차는 약 6~70%가 더 위험함

42) 사이코패스(psychopath) = 태어날 때부터 감정을 관장하는 뇌 영역이 처음부터 발달하지 않은 반사회적 성격장애와 품행장애를 가진 사람들을

지칭하는 데 주로 사용

43) 멘탈(mental)=생각하거나 판단하는 정신. 또는 정신세계.

44) 멘붕=멘탈(mental)의 붕괴. 정신과 마음이 무너져 내리는 것

45) 프레임(frame)=틀, 뼈대 구조

46) 리셋(reset)=초기 상태로 되돌리는 일.

47) 필리버스터(filibuster)=무제한 토론. 의회 안에서 다수파의 독주 등을 막기 위해 합법적 수단으로 의사 진행을 지연시키는 무제한 토론

48) 피톤치드(phytoncide)=식물이 병원균·해충·곰팡이에 저항하려고 내뿜거나 분비하는 물질. 심폐 기능을 강화시키며 기관지 천식과 폐결핵 치료, 심장 강화에도 도움이 된다고 알려져 있다.

49) 메타버스(metaverse)=현실세계와 같은 사회·경제·문화 활동이 이뤄지는 3차원 가상세계를 일컫는 말

50) 시스템(system)=필요한 기능을 실현하기 위하여 관련 요소를 어떤 법칙에 따라 조합한 집합체.

51) 시프트(shift)=교대, 전환, 변화

52) 싱글 (single)=한 개, 단일, 한 사람

53) 소프트(soft)＝부드러운

54) 파이팅(fighting)＝싸움, 전투, 투지, 응원하며 잘 싸우라는 뜻으로 외치는 소리.

55) 인서트(insert)＝끼우다, 삽입하다, 삽입 광고

56) 푸쉬(push)＝(무언가를) 민다, 힘으로 밀어붙이다. 누르기

57) 크로스(cross)＝십자가(가로질러) 건너다(서로) 교차하다, 엇갈리다

58) 내레이션(naration)＝해설

59) 에디터(editor)＝편집자

60) 벤치마킹(benchmarking)＝타인의 제품이나 조직의 특징을 비교 분석하여 그 장점을 보고 배우는 경영 전략 기법

61) 카르텔(cartel)＝서로 다른 조직이 공통된 목적을 위해 일시적으로 연합하는 것, 파벌, 패거리

62) 패널(panel)＝토론에 참여하여 의견을 말하거나, 방송 프로그램에 출연해 사회자의 진행을 돕는 역할을 하는 사람 또는 그런 집단.

63) 메시지(message)＝무엇을 알리기 위하여 보내는 말이나 글.

64) 시크릿(secret)＝비밀

65) 휴먼니스트(humanist)=인도주의자

66) 도어스테핑(doorstepping)=(기자 등의) 출근길 문답, 호별 방문

67) 애드 립(ad lib)=(연극, 영화 등에서) 대본에 없는 대사를 즉흥적으로 만들어내는 것,

68) 챌린지(challenge)=도전, 도전하다. 도전 잇기, 참여 잇기

69) 언박싱(unboxing)=(상자, 포장물의) 개봉, 개봉기

70) 소셜 미디어(social media)=누리 소통 매체, 생각이나 의견을 표현하거나 공유하기 위해 사용하는 개방화된 인터넷상의 내용이나 매체

71) 마스터플랜(masterplan)=종합계획, 기본계획

72) 치팅 데이(cheating day)=식단 조절을 하는 동안 정해진 식단을 따르지 않고 자신이 먹고 싶은 음식을 먹는 날

73) 오티티(OTT, Over-the-top)=인터넷 동영상 서비스. 영화, TV 방영 프로그램 등의 미디어 콘텐츠를 인터넷을 통해 소비자에게 제공하는 서비스

74) 라이브 커머스(live commerce)=실시간 방송 판매

75) 팩트체크(fact check)=사실 확인

76) 소프트파워(soft power)=문화적 영향력

77) 멘토(mentor)=현명하고 신뢰할 수 있는 상대이
며 스승 혹은 인생 길잡이 역할을 하는 사람

78) 콜센터(call center)=안내 전화 상담실

79) 거버넌스(governance)=민관협력 관리, 통치

80) 젠트리피케이션(gentrification)=둥지 내몰림,
도심 인근의 낙후지역이 활성화되면서 임대료 상
승 등으로 원주민이 밀려나는 현상

신의는 양심에서 나온다

"동화는 어른들이 먼저 읽어야 해. 어른들은 모질게 사는 동안 정서적으로 흐려졌거든, 정서 정화를 위해 어른들이 읽어야 할 것이 성인 소설이 아니라 동화라는 걸 알아야 하는데 어른들은 그것을 모른단 말이야."(이 책 47쪽에서)

아름다운 비밀을 가슴에 간직한 사람은 어디서든 항상 밝게 웃는다.

해외여행기(2)
프랑스 파리 중심

베르사유 궁전 가운데 가장 알려진 곳은 거울의 방이다.

이 방은 1678년경 루이14세가 U자형으로 지은 건물에 있던 테라스를 대회랑인 거울의 방으로 개조했다고 한다. 이 방은 마치 동화 속에 나오는 신비한 거울의 비밀방 같기도 하다. 눈대중으로 보아 너비가 50미터쯤 보이고 길이가 100미터는 될 만큼 큰 예술의 전당이다 .

들어서면 좌측이 거울 벽인데 사방 3미터는 될 만큼 큰 정사각형 거울 400장을 붙여지었다는데 그 거울 벽 맞은 쪽에는 각종 벽화와 유명한 인물들을 조각해 세운 작품들이 나열해 있다. 그 방 한가운데 서서 좌우를 보면 양쪽에 같은 그림과 조각상이 마주 바라본다. 1919년 제1차대전 후 평화조약 체결 등이 이 궁전의 '거울의 방'에서 이루어졌다고 한다.

거울의 방 가운데

거울의 방 맞은편 그림이 비친 것

파리 중심의 센강(한강보다 유명하지만 강 폭이…)

루브르 박물관

개선문

에펠탑

베르사유 궁전 내부 입구

궁전 벽화 중

남곡서예와 성어풀이

이병희(교육자, 초등학교교장 역임)

樂以忘憂 (낙이망우)

樂-즐길 낙　以-써 이
忘-잊을 망　憂-근심 우

*일을 즐기느라 모든 근심을 잊다
-일을 옳게 하려면 결코 시계를
　보지 말라-에디슨

顯忠報國 (현충보국)

顯-나타날 현　忠-충성할 충
報-갚을 보　國-나라 국

*충렬을 높이 드러내어 나라로부터 받은
은혜를 갚음

春玩其華(춘완기화)
秋登其實(추등기실)

*보통
春華秋實(춘화추실)로만 쓰인다

*봄에는 꽃을 즐기고
가을에는 열매를 얻는다
⇨외적인 아름다움과 내적인
충실을 강조한 말

千祥雲集 (천상운집)

千-일천 천   祥-상서로울 상
雲-구름 운   集-모을 집

의미-천 가지 좋은 일이 구름처럼 몰려온다
• 천 가지 상서로운 일이 구름처럼 모여
든다는 뜻으로 모든 면에서 온갖 좋은
일이 생기라는 염원을 담은 말이다.

猫項縣鈴 (묘항현령)

猫-고양이 묘   項-항목 항
縣-매달 현   鈴-방울 령

직역-고양이 목에 방울 달기
의역-실행하지 못할 공론

風迅鳶騰 (풍신연등)

風-바람 풍   迅-빠를 신
鳶-솔개 연   騰-오를 등
직역 : 바람이 거셀수록 연은 더 높게 뜬다
의역 : 어려운 고비에 더 분발하라

路柳墻花 노 류 장 화	누구나 꺾는 길가 버들과 담 밑의 꽃. 창녀. 路柳墻花
老當益壯 노 당 익 장	늙었어도 더욱 건장함. 老当益壮
老馬之智 노 마 지 지	하찮은 사람이라도 나름대로 장점이 있음. 老马之智
勞心焦思 노 심 초 사	마음을 쓰고 속을 태움. 몹시 애를 씀. 劳心焦思
老婆心切 노 파 심 절	남을 지나치게 걱정함. 노파심 (老婆心). 老婆心切
綠陰芳草 녹 음 방 초	푸른 나무 그늘과 향기로운 풀. 여름 경치. 绿阴芳草
綠衣紅裳 녹 의 홍 상	파란 저고리에 빨간 치마, 여 인의 고운 옷차림. 绿衣红裳
論功行賞 논 공 행 상	공적의 크고 작음을 따져 그 에 알맞은 상을 줌. 论功行赏
弄瓦之慶 농 와 지 경	딸을 낳은 즐거움. 弄瓦之庆

累卵之勢 누 란 지 세	알을 쌓아 놓은 것같이 매우 위태로움. 累卵之势
訥言敏行 눌 언 민 행	어눌한 말, 민첩한 행동. 말은 느려도 행동은 빠름. 讷言敏行
能小能大 능 소 능 대	작은 일도 할 수 있고 큰 일도 할 수 있다. 能小能大
陵遲處斬 능 지 처 참	머리, 손, 발 등 몸을 토막치던 극형. 陵迟处斩
多岐亡羊 다 기 망 양	학문의 갈래가 많아 진리 찾기가 어려움. 多岐亡羊
多多益善 다 다 익 선	많으면 많을수록 좋음. 多多益善
多聞博識 다 문 박 식	견문이 넓고 학식이 풍부함. 多闻博识
多事多難 다 사 다 난	여러 일도 많고 어려움도 많음. 多事多难
斷金之交 단 금 지 교	쇠도 자를 만큼 정이 두터운 친구간의 교분. 断金之交
單刀直入 단 도 직 입	너절한 말은 빼고 요점만 말함. 单刀直入

簞食瓢飲 단 사 표 음	도시락과 표주박 물. 간소한 생활.　　　　　　簞食瓢飲
丹脣皓齒 단 순 호 치	붉은 입술, 하얀 치아. 아름다 운 여자를 비유.　　　丹脣皓齒
堂狗風月 당 구 풍 월	서당 개 삼년에 풍월 읊다. 무 식한 사람이라도 유식한 사람과 지내면　다소　알게　된다. 　　　　　　　　　　堂狗風月
螳螂拒轍 당 랑 거 철	제 분수를 모르고 강적에게 대듦.　　　　　　　螳螂拒轍
大器晚成 대 기 만 성	크게 되는 사람은 늦게 이루 어짐.　　　　　　　大器晚成
大謀不謀 대 모 불 모	큰 계략은 잔꾀를 부리지 않 음.　　　　　　　　大谋不谋
大辯如訥 대 변 여 눌	대군자의 말은 듣기에 어물어 물하는 듯하나 실제로는 훌륭한 변설.　　　　　　　大辯如讷
對牛彈琴 대 우 탄 금	소에게 거문고를 들려준다는 말로 어리석은 자에게는 도리를 가르쳐　주어도　깨닫지　못함. 　　　　　　　　　　对牛弹琴

울타리 제3집 발행 후원하신 분들

정연웅	100,000원	심광일	30,000원
최용학	500,000원	한평화	14,000원
최강일	30,000원	박주연	7,000원
안승준	30,000원	이상인	30,000원
김영배	30,000원	배상면	30,000원
김어영	30,000원	이상열	400,000원
이정숙	30,000원	김연수	30,000원
김소엽	100,000원	신영옥	30,000원
이주형	30,000원	박영률	30,000원
전형진	7,000원	이병희	30,000원
김상진	7,000원	양영숙	7,000원
신인호	30,000원	정두모	30,000원
이소연	7,000원	김대열	30,000원
김홍성	100,000원	김상빈	14,000원
배정향	30,000원	전홍구	30,000원
최신재	7,000원	이채원	30,000원
정태광	30,000원	이선규	30,000원
이계자	100,000원	김승래	200,000원
방병석	100,000원	융여자	90,000원
이용덕	100,000원	최의상	100,000원
권종태	7,000원	(입금순)	

울타리 한 권만 후원해 주셔도 출판문화수호캠페인에
큰 힘이 됩니다. 후원하신 분께 감사드립니다.